너 오랫동안
이런 걸 원하고 있었구나

일러스트레이터 정명필(Grin)

공연 연출가와 마임이스트, 퍼피티어, 일러스트레이터로 활동합니다. 여행의 상상력
과 아날로그적 감성을 담은 디지털 그림을 그립니다. ✉ puleunhae@naver.com

디자이너 미로의 공원

아들 도윤이와 고양이 타마의 엄마이고 책을 디자인합니다. 작가의 글을 가장 어울리
는 그릇에 담습니다. ⃝ miro.designpark

에디터 하순영

학교에서 지리를 가르쳤고, 출판사에서 기획과 편집을 했습니다. 마음에 울림이 남는
콘텐츠를 만들고, 머메이드의 모든 도서를 기획하고 편집합니다. ⃝ mermaid.jpub

너 오랫동안 이런 걸 원하고 있었구나

© 2021 김경선 All Rights Reserved.

1쇄 발행 2022년 2월 25일

지은이 김경선
펴낸이 장성두
펴낸곳 머메이드
※ 머메이드는 주식회사 제이펍의 단행본 브랜드입니다.

출판신고 2021년 8월 12일 제2021-000123호
주소 경기도 파주시 회동길 159 3층 | **전화** 070-8201-9010 | **팩스** 02-6280-0405
홈페이지 mermaidbooks.kr | **독자문의** mermaid.jpub@gmail.com

편집부 김정준, 이민숙, 최병찬, 이주원, 송영화
소통기획부 이상복, 송찬수, 배인혜 | **소통지원부** 민지환, 김수연 | **총무부** 김유미

ISBN 979-11-977723-0-6 03810
값 15,800원

너 오랫동안
이런 걸 원하고 있었구나

김경선

 머메이드

꼬꾸라져도

그 순간 나를 잡아주는 것이 있다면

'나는 꼬꾸라졌다'

나이를 먹으면 언젠가 쓰려고 마음먹었던 에세이 제목입니다. 이래저래 이어진 긴 글쓰기 생활을 정리할 때쯤, 누군가 '꼬꾸라졌네'라고 말하기 전에 내가 먼저 당당하게 '나 꼬꾸라졌어'라고 말하고 싶었지요. 그런데 돌아보니 볼품없이 꼬꾸라지는 순간이 먼 미래의 일만은 아니었어요.

아이를 낳고 키우며, 처음 해보는 엄마 역할과 작가라는 이름으로 글을 쓰는 동안 쉴 새 없이 꼬꾸라지고, 꼬꾸라지고 했었지요. 하지만 그렇게 꼬꾸라지려는 순간마다 나를 잡아주는 것들이 있었는데, 그중 하나가 글쓰기였습니다.

글쓰기는 힘든 일이었지만 흥이 났지요. 소중한 아이들이 읽을 책이라는 생각을 하니 사명감이 생기고, 조금이라도 더 아이들의 마음에 남을 수 있는 이야기를 들려주고 싶었어요. 돈을 많이 벌지 못해도, 책이 많이 팔리지 않아도 아쉬운 맘은 잠깐이고 다시금 글을 쓰게 되었지요.

그렇게 20여 년을 보내며 '글쓰기로 얻은 것이 참 많다'는 생각을 합니다. 글을 쓰면서 좌절하고, 배우고, 성장했으니까요. 그러니 제 삶은 글쓰기와 뗄 수 없는 관계였다고 할 수 있어요. 글쓰기에 관한 이야기를 하는 것은 나와 나의 삶을 이야기하는 것과 비슷하지요.

그런데 사실 전 작가라는 꿈을 가져본 적이 없어요. 글을 쓰는 일은 특별한 재능이 있는 사람만 하는 거라고 생각했거든요. 내가 쓴 일기들만 봐도 늘 징징거리는 것이 누구에게 보여줄 글은 아니라고 생각했지요. 그러다 우연히 글을 쓸 기회가 찾아왔고, 부족하다는 생각에 포기할까 고민하다 어느 순간 좀 뻔뻔해지기로 했습니다.

'내가 할 수 있는 일이 지금 이것뿐이니 해보자!'

당시 저는 아기를 등에 업고 있었거든요. 아기를 업고도 할 수 있는 일이 무엇일까 고민하니 선택지는 많지 않았습니다. 그렇게 시작한 글쓰기가 어느새 글을 잘 쓰는 사람이 되고 싶다는 바람을 가져왔고, 이제는 내 직업은 작가라고 말할 만큼 오랜 시간 글 쓰는 일을 하게 되었어요.

하지만 시작은 허접했답니다. 작가가 되고 싶다고 해서 될 수 있나요? 자기 뜻대로만 되는 세상이 있다면 그건 현실 속 세상이 아닐 겁니다. '인생은 엇나가야 제맛'이라는 제목의 책도 본 거 같은데요. 저는 엇나가는 현실 속에서 부단히 하나만 붙잡았습니다. 그때그때 내가 처한 현실에서 할 수 있는 일을 하자고요.

그러다 보니 엄청 멋지게 살지는 못했습니다. 소심하게 잠 못 드는 날이 많았지요. 그래도 순간순간 남들 몰래 혼자 자부심에 부푸는 날도 늘어나기 시작했답니다.

글을 쓰기 위해 캐릭터를 만들고 나면 작가가 아니라 그 캐릭터가 글을 이끌어가는 순간이 있어요. 인생도 비슷한 거 같아요. 하나의 점처럼 시작된 사건이나 일 하나가 또 다른 사건과 일을 만들어내고, 이 '점'들이 늘어나 어느새 서로 연결되어 인생이 되곤 하니까요.

처음 시작하며 '나는 꼬꾸라졌다'는 제목의 에세이를 쓰고 싶다고 했는데요. 그 바람은 지금 이 순간 이루어지고 있어요. 저는 수없이 꼬꾸라지고 일어나기를 반복하며 이어간 글쓰기와 생활에 관한 이야기를 시작할 거거든요.

이 책에는 글쓰기나 작가가 되는 방법과 나름의 노하우가 담겨 있어요. 하지만 그것들을 나열하며 가르치려는 의도는 없습니다. 그냥 제가 글을 쓰고, 아이를 키우며 느낀 생각들을 담아 함께 공감하고 그러면서 위로가 되기를 바랄 뿐이에요. 부끄럽지만 일기 같은 글을 세상에 내놓는 것은 저도 다른 이의 글을 읽고 도움과 위로를 받았기 때문이에요. 이 책도 세상 누군가에게, 지금 이 글을 읽는 당신에게 작은 도움이 된다면 참 좋겠네요.

오늘도 좀 행복해야죠!

김경선

차례

Part 1

봄 :

서툰 시작,
살랑대는 희망

여름 :

뜨거운 태양 아래,
쌉쌀달콤한 인생

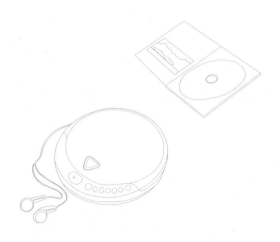

Part 3

가을 :

익어가는 열매,
익어가는 마음

Part 4

겨울 :

찬바람에 끄떡없는
뿌리 깊은 나무

돌이 되기 며칠 전 아들은 첫발을 다를까.

첫 번째 발짝에 남편과 나는 환호하며 기뻐했다.

당신과 나의 시작인들 다를까.

시작은 늘 그렇게 한 발짝부터다.

그리고 뒤이어 다른 발을 떼는 것.

시작은 그런 것이었다.

미미해 보여도 용기를 낸 것이니 박수받아 마땅한.

Part 1

봄

:

서툰 시작,
살랑대는 희망

서른 즈음에

김광석은 한때 내가 가장 좋아했던 가수다. '거리에서' 란 노래부터 '서른 즈음에'를 거쳐 '어느 60대 노부부의 이 야기'까지, 그가 부른 노래들은 인생이라는 서사를 품고 있 다. 그래서일까, 그의 노래는 내 곁에서 항상 맴돌고 있었 다. 특히 '서른 즈음에'란 노래는 내 나이 서른 즈음에 특별 하게 들려왔다. 돌아보면 그리 많은 나이가 아닌데 당시에는 20대를 거치고 맞닥뜨린 30대가 거대한 장벽처럼 느껴졌다. 아마 그 나이에 이르는 많은 사람들이 주제가처럼 그 노래를 들었던 거 같다. 지금도 그 노래를 들으며 나의 서른 즈음을 떠올리고 있다. 나는 그즈음 새로운 일을 만났다.

점심시간에 맞춰 친구를 만났다. 짧은 점심시간을 활용하여 만난 거라 먹는 것보다 수다 떠는 데 집중했다. 시작한 지 얼마 되지 않은 결혼 생활과 힘든 직장 생활이 그날도 우리의 수다 소재였다. 그때 친구의 전화벨이 울렸다.

"어, 선배. 안녕하세요."

친구는 양해의 눈빛을 보내고는 선배의 전화를 받았다. 그사이 나는 수다 떠느라 먹지 못했던 음식들을 열심히 먹었다. 전화를 끊은 친구는 대학 선배의 전화라고 했다. 만남 중 잠시 개인적인 전화를 받는 흔한 일이었다.

"이 선배가 어린이 책을 쓰고 있거든. 요즘 출판 기획사

를 하는데 주변에 글 쓸 사람 있으면 소개 좀 해달라고 하
네."

"그렇구나."

나는 조금 전에 하던 이야기가 뭐였더라 같은 생각을 하
며 의례적인 대답을 했다. 그런데 친구가 갑자기 뭔가 생각
난 듯이 말했다.

"네가 해보면 어때?"

"뭘 해봐?"

"어린이 책 글 써보라고."

"뭐래, 내가 그런 걸 어떻게 써."

"왜, 너 옛날부터 글 쓰는 거 좋아했잖아."

"야, 아무나 글 쓰냐? 됐어."

친구는 조금 신이 나서 말했지만 나는 전혀 분위기를 맞
춰주지 않았다. 말 그대로였다. '글을 뭐 아무나 쓰나' 하는
생각이었다. 그렇게 친구의 제안을 단칼에 자르고 다시 수

다만 떨다가 헤어졌다. 그런데 몇 시간 후 나는 잊었던 옛사랑을 떠올리듯 생각에 잠겼다.

'한번 해볼까? 혹시, 내가 해도 될까?'

그동안 글쓰기에 대한 나의 생각은 간단했다.

'열정보다는 재능이 있어야 한다. 탁월한 재능 없이 열정만 가지고 예술을 하는 사람은 불행하다.'

모차르트를 시기했던 살리에리를 떠올리며 했던 생각이었다. 그런 생각으로 오랫동안 꿈도 꾸지 않던 일을 친구가 해보라고 권유한 것이다. 나는 단칼에 거절한 사람이 맞나 싶게 친구를 만나고 돌아온 이후에도 오랜 시간을 고민했다. 그리고 용기를 내서 친구에게 전화했다. 전화를 받은 친구는 해보겠다는 내 말에 반가워했다. 그리고 선배의 메일 주소를 알려주며 동화 한 편을 써서 보내보라고 했다.

"글을 쓰고 싶기는 한 거지요?"

"예, 잘할지 모르겠지만……."

"하고 싶다는 마음이 중요해요."

얼마 후 내가 보낸 동화 원고를 검토했던 친구의 선배를 카페에서 만났고, 이런저런 질문과 답이 오가며 면접 비슷한 것을 했다. 내가 보낸 동화는 당시 내가 쓸 수 있는 최선의 것이었겠지만 친구의 선배가 하는 기획사에서는 마음에 들어 하지 않았다. 내게 조심스럽게 에둘러 말했지만 그건 그 상황에서 갖출 수 있는 예를 갖춘 것일 뿐 동화가 별로인 것은 분명했다. 그런 형편에 계속 글을 쓰고 싶다고 말하는 것 자체가 염치없는 일 같았고, 자신감은 바닥으로 떨어졌다. 친구의 선배는 그런 내 상태를 감지했는지 글을 쓰겠다는 의지가 중요하다는 이야기를 여러 차례 했다.

이후 책 작업과 관련된 여러 이야기를 해주었다. 이야기 속에 나오는 몇몇 출판 관련 용어들은 낯설고 잘 이해되지 않았지만 다시 묻기도 미안해서 그냥 고개만 끄덕였다. 책이란 것을 읽기만 했지 써본 적도, 만들어본 적도 없는 내게 당연한 일이었다. 모르는 용어들은 기억해뒀다가 나중에 알아봐야지 생각했는데, 집에 돌아오니 낯선 단어라선지 단어 자체가 아예 기억나지 않았다. 정작 오래 기억에 남은 말은 따로 있었다.

"작가는 일반적인 노동자와 똑같아요. 월급쟁이처럼 꾸준히 글을 써야 돈을 벌죠."

늘어나는 밤샘과
비장의 무기

월급쟁이처럼 꾸준히 일해야 돈을 번다는 이야기는 내가 생각했던 작가의 모습과 많이 달랐다. 살면서 내가 글을 쓸 거라는 생각도 못 했지만, 작가가 월급쟁이처럼 매일 일을 하고, 월급처럼 돈을 번다는 생각 역시 해본 적이 없었다. 작가로 일한다는 것, 글쓰기라는 일은 내게 여전히 막연한 거였다.

동화 원고를 탐탁지 않아 했던 친구의 선배는 그래도 내게 첫 번째 일을 맡겼다. 자신이 쓰는 책이 있는데 그 책의 한쪽에 본문을 보충하는 정보 글 박스를 넣을 거라며 해당 정보 글을 쓰는 일을 부탁했다. 정보를 조사해서 간결한 글로 다듬어 작성하는 그 일은 어쩌면 작가에게 따로 돈을 주고 부탁하지 않고, 내부 편집자들이 해도 되는 간단한 일이었다. 누구든 조금만 노력하면 할 수 있는 일이 내게 맡겨졌다는 뜻이다. 하지만 나는 긴장했다. 이 일을 제대로 해내지 못하면 다시는 글 쓸 기회가 주어지지 않을 것만 같았다. 지금 생각해 보면 원고지 두세 장 분량의 글을 쓰면 되는 것이었는데, 나는 그 글을 쓰기 위해 온갖 책들을 찾아보았다. 너무 뻔하고 쉬운 내용의 글을 쓰면 안 될 거 같았다. 쉽고 뻔하다면 그런 글을 누가 찾아 읽겠나 싶었다. 자연히 글을 쓰는 데 많은 시간이 필요했다. 하지만 내겐 글을 쓸 수 있는 시간이 충분치 않았다.

당시 나는 회사를 다니고 있었기에 낮에는 원래 하던 일을 해야 했다. 그러니 퇴근 후 글을 쓰는 시간을 내려면 잠을 줄이는 수밖에 없었다.

　나는 밤을 꼴딱 새우며 글을 썼다. 나는 나의 체력을 알고 있었다. 이전에도 밤을 새운 적이 있었는데 그러고 나면 다음 날 토할 것처럼 속이 울렁거리고 머리가 아팠다. 밤새운 것이 허무하게 다음 날 낮 시간을 제대로 쓸 수 없으니 시간을 절약하는 것도 아니었다. 이런 경험을 통해 나는 밤을 새우지 말자고 다짐을 했었다. 그럼에도 불구하고 이번에는 어쩔 수가 없었다. 당장 코앞에 닥친 마감에 맞추자니 시간이 부족해 결국 밤을 새우고 말았다. 밤을 새우며 쓴 원고를 메일로 보냈다. 하늘을 날 것처럼 기뻤냐고? 아니. 보내고 나니 부끄럽고 걱정스러워 미칠 거 같았다. 보냈다는 기쁨은 한순간이었고 걱정은 계속되었다.

　출근하기 전 걱정을 품은 채 공중목욕탕에 갔다. 이른

시간의 목욕탕은 한산했다. 나는 사우나로 들어가서 한구석에 자리를 잡고 고생한 몸을 다독였다. 등줄기로 땀이 흘러내릴 때면 몸속 독기가 빠져나가는 듯 짜릿하고 좋았다. 하지만 그런 호사는 오래가지 못했다. 동네 아주머니들이 사우나로 서넛씩 무리를 지어 들어오면서 소란한 수다 소리가 퍼지기 시작했고, 그 소리에 몸에서 흘러내리는 땀을 천천히 느낄 여유가 사라져버렸기 때문이다. 난 수건으로 땀을 훔치고 사우나를 나섰다.

밤샘으로 힘들 거라는 각오를 하고 사무실에 갔는데 어쩐지 예전처럼 힘들지 않았다. 글을 쓰는 날들이 이어지며 밤을 새우는 날도 늘어갔는데, 그런 날마다 나는 사우나에 갔고, 이 덕분인지 예전처럼 밤샘이 힘들지 않았다. 나는 무릎을 쳤다.

'아, 황토!'

내가 갔던 공중목욕탕에는 황토 사우나가 있었는데 황토

가 나의 몸에 잘 맞는다는 걸 알게 되었다. 황토 사우나에 한 시간을 투자해 일할 수 있는 대여섯 시간을 확보할 수 있다니! 힘든 상황에 비장의 무기를 찾은 거 같아서 기뻤다.

나는 지금도 황토를 선호한다. 내게 꼭 맞게 위로해 주는 존재를 찾는 건 쉽지 않다. 그런 존재는 많은 시도와 실패 속에 귀하게 발견하는 것이다. 그래서 겨우 황토 사우나일 지라도 내게 아주 귀한 발견이었다.

쉽게 쓰기가
더 어렵다

글을 보내고 며칠 후 기획사에서 연락이 왔다.

'어린이 책의 글은 쉽게 써야 합니다. 한자어 사용은 최대한 자제하고요.'

기획사의 그 선배는 내가 보낸 글에 대해 아주 간단하게 의견을 전했다. 내 글이 어렵다는 뜻이었다. 그리고 선배가 다시 고쳐 쓴 글이 함께 전해졌다. 그것을 내 글과 비교해 읽고 나서 이마를 쳤다. 내 글에는 있는 대로 힘이 들어가 있었다. 쉽고 간단하게 쓰면 누가 돈을 주고 책을 찾아 읽을까 생각했는데, 그건 긴장된 내가 마치 경주마처럼 좌우를 보지 못하고 한 곳만 고집스레 본 결과였다. 글은 행간으로도 전해지니 어려운 정보와 배경을 다 쓰는 것보다 핵심 내용을 잘 뽑아 쉽게 쓰는 것이 중요했다. 나는 복잡한 정보로 글을 가득 채우려고 했던 거다. 안 그러면 읽는 사람이 시시하다고 생각할 것 같았다. 좋은 글이 되도록 쓴 것이 아니라, 읽는 사람으로부터 무시당하지 않으려고 썼으니 문제가 많을 수밖에 없었다.

지나고 보니 고등학교 때도 이런 실수를 했었다. 학급 회의 시간에 아침 자율학습 시간을 잘 활용하기 위해 모두가 풀도록 수학 문제를 칠판에 써놓자고 한 적이 있다. 문제를 풀고 나서 친구들에게 설명도 해주면 좋겠다는 의견에 따라 나랑 한 친구가 그 일을 맡았다. 나는 문제를 뽑기 위해 수학 문제집을 뒤졌다. 너무 쉬우면 자율 학습 시간이 시시해질 거라고 생각해서 고민 끝에 몇 문제를 골랐다. 결과가 어땠을까? 아이들 앞에서 문제를 풀다가 내가 헤매고 말았다. 어려워도 너무 어려운 걸 골랐던 거다.

결국 내 글은 책에 온전히 실리지 못했다. 하지만 친구의 선배는 일정 부분을 인정하여 고료를 챙겨주었다. 많은 금액은 아니었지만 돈을 받기가 미안하고 부끄러웠다. 쉽게 쓰는 것이 더 어렵다는 것을 발견한 내 부끄러운 첫 글쓰기 작업의 고백이다.

좋은 글이 되도록 쓴 것이 아니라,

읽는 사람으로부터

무시당하지 않으려고 썼으니

문제가 많을 수밖에 없었다.

#쉽게쓰기가더어렵다

연봉 200입니다만

지나고 나면 부끄러운 일이 어디 한두 가지일까? 글을 쓰기 시작하면서 부끄러운 사건들이 여러 상황에서 생겨났다. 우선 의욕적으로 시작했던 글쓰기는 턱없는 글쓰기 실력 탓에 제대로 앞으로 나가지 못하기 일쑤였다. 게다가 임신과 출산이 이어지면서 점점 더 글을 쓰기 힘들었다. 다니던 직장도 그만두었다. 임신과 출산을 경험한 사람들은 알 거다. 한 번도 경험하지 못했던 입덧과 자도 자도 밀려오는 졸음, 나중에는 잠을 제대로 자기 힘든 괴로움을. 아기의 탄생은 말로 다 할 수 없는 기쁨이었지만 퇴원 후 집에 들어선 순간부터 전쟁 같은 하루하루가 이어졌다. 힘들어서 직장은 그만두었지만 글쓰기는 이어가고 싶었다. 성실하게 글을 쓰겠다는 다짐도 여전히 유효했다. 아쉬운 것은 마음속 다짐과 달리 결과가 너무 미미하다는 거였다. 그것은 어느 날 온 가족에게 공개된 부끄러운 내 수입으로 드러났다.

오랜만에 시댁 식구들이 모인 자리였다. 나의 신혼집에서 도보 10분 거리에 시댁이 있었다. 그날은 시누이 부부도 온다고 하여 시댁으로 갔다. 시댁 식구들은 밥을 먹고 둘러앉아 이런저런 이야기를 나눴다. 각자의 생활 속 이야기를 들려주거나, 모두가 알 만한 공통 주제를 찾거나, 말해도 모두가 불편하지 않을 정도의 남의 이야기를 하거나. 이야기는 그렇게 이어졌다. 지금은 많이 달라졌지만 당시에는 결혼하고 몇 해 되지 않은 때라 나는 대화에 끼기가 어려웠다. 다들 서로 편하고 친한데 나는 아직 그들과 친하지도 않고 편하지도 않으니 그리될 수밖에 없었다. 대화 내용 속 상황이 어떻게 펼쳐지는지 뻔히 보여 상대의 말을 받아치고 싶을 때도 있었고, 듣다 보면 궁금한 게 생겨 이어서 묻고 싶은 것도 있었고, 비슷한 내 경험도 들려줄 것이 떠올랐지만 말할 기회를 쉽게 얻지 못했다. 그래서 시댁에서 돌아오고 나면 남편을 붙잡고 더 떠들어댔는지 모르겠다. 가족이 되었지만 그들 중 누구도 내게 '너는 어떠니?' 하고 궁금해하지 않는 느낌이었다. 아무튼, 그날 저녁 모임도 그런 상황이었는데, 이날 갑자기 남편이 가족들 앞에서 나에 대해 한마디를 했다. 어떤 이야기 끝에 나온 말인지는 기억나지 않는다. 그냥 남편이 그런 말을 했다는 것만 또렷이 기억난다.

"경선이 연봉이 200이야. 히히!"

남편은 말수가 많은 사람이 아니다. 나이가 들면서 점차 수다가 생겼지만, 신혼 때의 남편은 남의 말을 주로 들으며 웃어주는 사람이었다. 그런 사람이 시댁에서 나의 연봉을 깐 거다. 남편의 말에 다들 웃었지만 별다른 반응을 얻지는 않았다. 어쩌면 달리 반응하기 난처했을지도 모른다. 나도 그때는 특별히 반응하지 않고 멋쩍게 웃어 보이기만 하고 넘어갔다. 그런데 집에 돌아와 생각할수록 너무 창피했다. 우리 모두 자본주의 사회에 살고 있지 않은가. 나의 연봉이 나의 가치처럼 보일 텐데, 인심 써서 당시 물가를 계산에 넣어본다고 해도, 연봉 200만 원은 적어도 너무 적은 금액이었다. 나는 그런 말을 한 남편을 원망했다. 남편은 누구도 이상하게 생각하지 않으니 걱정 말라고 했다. 하지만 누군가의 연봉이 200만 원이란 사실이 아무렇지도 않은 평범한 내용이었다면 남편은 거기서 그 말을 하지 않았을 거다.

말수도 많지 않은 사람이 한 한마디였다. 그건 '세상에 이런 일도 있어! (하하하!)'라는 뜻을 가지고 한 말이 분명했다.

나는 다시 친구 선배가 했던 말이 떠올랐다. 작가도 월급쟁이처럼 꾸준히 일해서 돈을 번다고 했는데, 이건 쥐꼬리는커녕 쥐 발톱만도 못한 거였다. 작가가 월급쟁이처럼 일해서 일반 월급쟁이만큼의 돈을 번다는 건 꽤 성공한 경우에나 가능하다는 걸 알게 되었다.

'이런 수준의 내가 계속 글을 써야 할까? 관두는 게 나은 걸까?'

내가 내게 묻고 있었다. 글을 굉장히 잘 쓰는 것도 아니고, 글 써서 얻는 벌이도 시원찮고, 게다가 연봉이 만 천하에 알려져 망신까지 당하고 나니 속상하고 기가 죽었다. 그런데 그 순간 갑자기 머릿속에 번뜩 드는 생각이 있었다.

'아기를 돌보느라 책 읽는 것도 점점 힘들어지고 있어. 그런데 글을 쓰려면 책은 반드시 읽어야 하지? 그래, 바로 그

거야! 나는 나를 위한 책 읽기를 하며 돈까지 버는 거네. 누가 책을 읽는다고 돈을 주겠어!'

나는 가난한 나의 글쓰기를 이렇게 합리화하기로 했다. 그리고 기죽어 있던 나 자신에게 다시 말했다.

'포기할 줄 알았지? 천만에!'

쏟아진 한 끼,
쏟아진 눈물

아기와의 시간은 행복하면서도 힘든 시간의 연속이었다.
갓난아기는 삼시 세끼만 먹는 게 아니다. 서너 시간 간격으
로 분유를 먹여야 하고, 수시로 기저귀도 살펴 갈아줘야 한
다. 그러니 엄마인 내가 밤잠을 이어서 잔다는 건 생각할
수 없다. 하루하루가 쪽잠이고 선잠이다.

게다가 집안일은 얼마나 서툰지 하루 24시간이 서툰 일

과의 사투였다. 저녁은 퇴근한 남편이랑 먹느라 어떻게 준비한다고 해도, 나머지 시간에 나를 위한 식사를 따로 준비한다는 건 생각할 수도 없었다. 하지만 뱃속이 이런 사정을 헤아려줄 리 없다. 일정 시간이 지나면 배가 고프다는 신호가 강하게 온다. 그런 날이 반복되던 어느 날이었다.

　내게도 밥을 줘야 하는데 집에 마땅히 먹을 것이 없었다. 나는 컵라면 하나를 꺼내 들었다. 아기가 자는 틈에 컵라면을 먹을 요량이었다. 물을 끓이고, 조심스레 컵라면에 물을 부었다. 조금만 있으면 가는 면발이 입안으로 흘러들고, 시원 칼칼한 국물도 한 모금 삼킬 수 있겠구나 생각했다. 그런데 그 순간 아기가 몸을 뒤척이는 것이 보였다.

　'지금 깨면 안 돼!'

　강렬한 내적 외침과 함께 나는 급하게 몸을 틀어 아기에게 향했다. 그러다 그만 컵라면을 치고 말았다.

　쏟아진 컵라면.

소중한 나의 한 끼.

뒤척이던 아기는 내가 다가가기도 전에 다시 잠에 빠져들었다. 차라리 아기가 깨서 울었다면 이 상황이 덜 억울했을 거다. 안타깝게도 그 컵라면은 집에 남은 마지막 컵라면이었다. 나는 쏟아진 국물과 라면 줄기를 치웠다. 라면 용기에는 국물과 건더기가 조금 남아있었지만, 그걸 먹자니 기분만 더 처량할 것 같아 모두 싱크대에 쏟아부었다. 싱크대에 쏟아진 라면을 보는데 눈물이 뚝뚝 떨어졌다. 아기가 깰까 봐 소리도 내지 못하고, 굵은 눈물방울만 뚝뚝 떨구었다.

아기를 키우는 엄마들은 비슷한 경험이 하나씩은 있을 거다. 서툰 어른이 엄마 노릇을 하려니 실수가 많았다. 몸도 마음도 지칠 대로 지쳐 가끔 참아볼 새도 없이 눈물이 터져 나왔다. 하지만 죽으란 법은 없나 보다. 아기를 키우면서 나는 나를 도와주고 지켜주는 친구들, 동네 어벤저스를 만나게 된다.

기대와 현실 사이,
나의 30대

아,

딱 좋아!

청춘의 나약함과 어리석음은 이제 안녕.
이제 본격적인 어른이리!

그런데, 이게 뭐야?

애 키우느라 아무것도 못 해.

새로 나온 책,

음악,

심지어 뉴스도 깜깜.

X까지 참아야 할 지경.

우리 동네 어벤저스

결혼하면 적어도 남편이건 아내 건 둘 중 한 사람은 낯선 동네에 살게 마련이다. 같은 동네에서 자란 사이가 아니라면 말이다. 나는 시댁이 근처에 있는, 즉 남편에겐 익숙한 동네지만 내게는 낯선 동네인 곳에서 신혼을 시작했다. 그 신혼집은 낯설기는 해도 해가 잘 들어서 따뜻한 느낌이 드는 곳이었다. 하지만 나는 온종일 커튼을 치고 살았다. 신혼 초에는 둘 다 직장에 나갔기 때문에 모두 아침이면 나가서 저녁이면 돌아오니 굳이 커튼을 걷을 일이 없었고, 겨울에 아기를 낳은 터라 추위를 막기 위해서도 커튼이 필수였다. 아기를 낳으며 직장을 관두고 집에서만 지내던 내가 집 밖으로 나간 것은 아기가 목을 가누고, 날이 충분히 풀린 뒤부터였다. 아기를 재우기 위해 골목을 서성이거나, 병원에 다녀오기 위해 아기와 외출을 하고 돌아올 때면 슈퍼마켓 앞에서 나처럼 아기를 업은 엄마를 볼 수 있었다.

"안녕하세요? 아기 병원 다녀오나 보다."

얇고 가늘면서 고음의 친절한 목소리가 들려왔다. 동네 슈퍼마켓 주인의 인사였다. 슈퍼마켓은 이사 오면서부터 종종 들렀으니까 이곳 주인은 잘 아는 사람이라고 할 수는 없었지만 모르는 사람도 아니었다. 슈퍼마켓 주인의 인사에 옆에 아기를 업고 있던 엄마도 가볍게 눈인사했다.

그날따라 나는 그 인사가 참 반가웠다. 아기를 낳고 종일 집에 있으면서 사람이 참 그리웠기 때문이다. 그동안 나는 집 안에서 오후 시간이면 아기를 안고 '아가야, 엄마는 말이야.' 하며 그 순간의 내 기분이나 생각을 털어놓곤 했는데, 그건 독백이었다. 사실 난 대화가 그리웠다. 그래서 아주 가끔 친구들을 만나는 날이면 '오늘은 나 혼자 얘기 다 할 거야'라고 이상한 선언을 할 정도였다. 이런 상황은 어린 아기를 둔 엄마들 모두 비슷비슷했다. 나중에 들어보니 남편 친구의 아내는 사람이 너무 그리워서 집으로 책을 팔러 오는 사람이 그렇게 반가웠다고 한다.

"언니, 나는 그분을 기다리기도 했어요. 그래서 나중에는 정말 얼마나 친해졌는지 몰라요. 온종일 말할 사람이 없다가 그분이 오면 정말 목마를 때 물 마시는 것처럼 좋았다니까요."

남편 친구의 아내는 나보다 서너 살이 어려서 나를 언니라고 부르며 이런 말을 털어놓곤 했다. 나는 그 말이 어떤 의미인지 너무 잘 알았다.

　이런 처지였던 내게 인사를 전하는 내 또래의 엄마라니, 당연히 반가웠다. 나중에 알고 보니 동네 슈퍼 주인은 나와 동갑이었다. 그리고 아기를 업고 있던 아기 엄마는 슈퍼 주인의 고등학교 동창으로 아침마다 아기를 업고 놀러 오는 것이었다. 남편을 출근시키고, 집안 정리를 해놓고 나서 본인도 출근하듯이 슈퍼마켓을 하는 친구 집에 아기를 업고 오는 거였다. 슈퍼마켓 주인에게도 어린 아기가 있어서 아기를 업고 온 친구는 슈퍼 주인이 바쁠 때면 자기 아기와 친구 아기를 함께 돌봐주곤 했다. 그러니 두 사람은 친구이면서 공생 관계를 맺고 있는 셈이었다.

　예전 같았으면 간단한 인사를 나누고는 집으로 들어갔을 텐데, 나는 인사를 건네고 이어 그 자리에 잠깐 머물렀다. 자연스럽게 아기가 몇 개월이냐, 아기가 예쁘다, 건강하다 같은 수다가 이어졌다. 대화가 그립고, 사람이 그립던 내게 그들은 고맙게도 좋은 친구가 되어주었다. 그들과 친구가 되고 나니 동네 사람들이 새롭게 보이기 시작했다. 그들은 이미 그들끼리 친하게 지내고 있었던 터였다. 편의상 그들을 어벤저스의 주인공에 빗대어 소개하겠다.

슈퍼마켓을 하던 친구는 아이언맨 같았다. 나이는 나랑 같았는데 아이언맨 슈트를 입은 듯이 못 하는 것이 없었다. 어르신들과도 스스럼없이 이야기를 주고받으며 동네 사람들의 어려움을 척척 해결해 줬다.

아기를 업고 출근하듯 슈퍼마켓에 오던 친구는 헐크 같은 사람이었다. 통통하게 살집은 있었지만, 이야기를 나눠보면 아주 섬세하고 예민한 사람이었다. 그래서 두루두루 잘 살피고, 잘못된 일은 빠르게 눈치챘다. 그러니 그녀 앞에서 함부로 행동해서는 안 된다. 그녀가 헐크로 변할 수도 있기 때문이다.

그리고 이들로 인해 알게 된 또 한 사람은 캡틴 아메리카였다. 우리 중에 가장 나이가 많은 언니였는데 살림 솜씨며 성격이며 아주 똑 부러지는 사람이었다. 캡틴 아메리카처럼 우리 모임에 중심을 잡아주었다.

마지막으로 스파이더맨 같은 동생이 있었다. 유치원 선생님을 하다가 육아를 위해 휴직한 상태였는데 스파이더맨처럼 이리저리 참 바쁘게 움직이는 사람이었다. 스파이더맨은 어벤저스 시리즈에도 나오지만, 자신을 주인공으로 하는 시리즈를 따로 가지고 있듯이 그 친구의 행동반경도 꼭 그랬다. 동네 어벤저스와 함께 어울리다가도 자기 스케줄에 따라 미련 없이 자리를 뜨곤 했다.

"어머, 대낮에 보름달이 떴네!"

창밖에서 들리는 소리에 베란다로 나가보면 그곳에 아이언맨과 헐크가 있었다. 아장아장 걸어서 베란다 창에 붙어 있던 아들을 보고 하는 말이었다. 아들은 하얗고 통통한 얼굴에 이마도 넓고, 어릴 때는 머리숱도 많지 않아서 그런 아들이 창가에 서면, 밖에서 볼 때 꼭 달이 뜬 거 같다고 했다. 아이언맨은 달이 뜨지 않아도 일부러 베란다를 향해 나를 부를 때가 있었다.

"비빔국수했어. 와서 같이 먹자!"

아이언맨이 만든 비빔국수는 정말 맛있었다. 촉촉하게 비벼서 시원한 맛까지 났다. 저녁은 남편 식사 준비 때문에 한다고 해도 나를 위한 식사 준비는 잘 하지 않던 때였다. 아이언맨은 나의 이런 사정을 아는 듯이 종종 점심 초대를 해주었다. 이렇게 나를 도와준 이는 아이언맨뿐이 아니다.

"아기 재울 때 말이야. 이렇게 해봐."

헐크는 아기를 업고 벽에 머리만 기대고 살랑살랑 몸을 좌우로 흔들어 보였다.

"그게 뭐야?"

그 모습은 보기에 참 이상한 것이었다.

"아기 재울 때 이렇게 하면 아기도 잘 자고 우리 몸도 좀 편해. 진짜야."

　벽에 머리 하나 기댄다고 편할까 싶었다. 나는 속는 셈
치고 그날 저녁 헐크의 말대로 벽에 머리를 기대 보았다.
그런데 정말 편했다. 아기를 재워야 하는 시간이면 나도 지
칠 대로 지쳐 눕고 싶은 심정이다. 그럴 때 머리라도 벽에
기대면 아기를 등에 업고 있지만, 그런대로 쉬는 기분이 들
었다.

　스파이더맨은 저녁때가 되어가는 대여섯 시가 되면 우리
집 문을 두드렸다.

　"언니, 이거 저녁때 먹어봐요."

　"아이고, 이게 다 뭐야?"

　"별거 아니에요. 먹어요."

　스파이더맨은 쟁반에 콩나물무침, 어묵볶음, 멸치볶음
같은 밑반찬을 안겨주고 가곤 했다. 동생이었지만 나보다
결혼은 빨라서 살림 구력이 있었다. 스파이더맨은 오후면

어김없이 유치원에서 돌아오는 첫째 딸을 데리고 일정한 시간에 책을 읽고 간단한 공부를 시켰다. 그러고 나서 저녁 반찬을 만들었는데 그걸 나에게 나눠준 것이다. 나는 스파이더맨으로부터 아이를 키우고 살림하는 법을 많이 배웠다.

"난 아침마다 아이들을 위해 기도해. 우리가 해줄 수 있는 건 그거 아닐까."

어느 날엔가 울음을 참고 있는 내게 캡틴 아메리카가 해준 말이다. 캡틴 아메리카는 신앙심이 깊은 사람이었다. 그래서 교회 일도 열심히 하는 사람이었다. 하지만 종교적으로 부담을 준 적은 한 번도 없었다. 다만 아이가 다쳐서 내가 어찌할 바를 몰라 할 때 처음으로 '기도'에 대해 이야기해 주었다. 아이를 키우는 일은 아무리 열심히 해도 뜻대로 되지 않는 일이란 걸 캡틴 아메리카가 알려주는 거 같았다.

엄마들은 아이에게 크고 작은 일이 생길 때마다 모두 자기 탓인 듯 괴로워하고 자책한다. 매 순간 엄마 노릇을 잘

하기 위해 애쓰지만, 아이에게 일어나는 크고 작은 문제들이 완전히 사라질 리 없다. 그래서 엄마가 아이에게 해줄 수 있는 건 기도뿐일 수 있다. 종교가 있건 없건, 어떤 종교를 가지고 있건 마음을 다하는 것이 엄마의 일일 것이다. 모든 일이 잘 풀릴 때만 좋은 엄마가 되고, 잘 풀리지 않으면 나쁜 엄마가 되는 건 아닌 거 같다.

"응애, 응애, 응애!"

조그만 차 안에 아기 울음소리가 가득하다. 나는 운전을 하며 틈틈이 아기를 돌아보며 달랬지만 돌도 되지 않은 아기와 소통이 잘 될 리 없었다. 나는 뒤에서 소방차가 사이렌을 울리며 재촉하는데 사방이 꽉 막혀 못 비키고 있는 차 안의 운전자처럼 불안했다. 조용한 목소리로 달래 보기도 하고, 아기 울음소리보다 더 크게 목소리를 높여 평소 불러 주던 노래를 불러보기도 했다. 하지만 아무 소용이 없었다. 아기는 '나를 안아줄 때까지 울어버리겠다'고 작정을 한 듯 울었다. 그렇게 집에 돌아오니 아기도 나도 녹초가 되었다.

그날 오전 나는 그동안 쌓인 피로를 풀러 목욕탕에 가려고 아이를 친정집에 맡기러 갔다. 밤잠을 설치는 날이 이어지니 피로 푸는 데 특효약으로 찾아낸 황토방 사우나가 간절했다. 거기만 다녀오면 힘이 날 것 같았다. 벼르고 별러 사우나에서 피로를 풀었지만, 아기를 데리고 집으로 돌아오는 길에 그보다 더한 피로가 쌓이고 말았다. 집에 도착하자 바로 엄마한테서 전화가 왔다. 아기를 데리고 운전을 해서 돌아가는 내가 걱정스러웠던 모양이다.

"엄마, 말도 마. 돌아오는 내내 울어서 아이고 정말."

"그랬구나. 내가 같이 가줄 걸 그랬네."

엄마는 아기가 운 것이 당신 잘못인 양 안타까워했다. 절대 엄마 탓일 리가 없는데도. 초보 엄마나 베테랑 엄마나 엄마라는 사람들은 다 비슷했다. 자식 걱정이 늘 앞서는 사람들.

얼마 후 나는 다시 아기를 데리고 친정에 갔다. 가는 길은 아기도 나도 나들이를 나선 듯 기분이 좋았다. 뜨끈한 황토 사우나도 기대되고, 엄마가 해주는 밥도 든든히 먹고, 며칠 동안 걱정 없을 반찬도 받아올 테니 친정에 가는 것은 여러 가지로 내게 중요한 임무였다. 하지만 집으로 돌아갈 시간이 되자 지난번 아기가 울었던 일이 떠올라 조금 걱정이 되었다. 이번엔 엄마가 같이 가주겠다고 나섰다. 엄마는 아기를 안고 자동차 뒷자리에 앉았다. 나는 한결 마음이 놓였다. 다시 버스를 타고 돌아가야 할 엄마를 생각하면 미안했지만 슬쩍 모른 척했다.

"너희 집에서 시댁이 가깝다고 했지?"

차 안에서 엄마는 지나가는 말처럼 물었다. 그 순간 엄마가 무얼 걱정하고 있는지 나는 느낄 수 있었다. 엄마는 바로 몇 해 전에 다리를 다치셨다. 발목뼈가 부서지는 큰 부상이었다. 수술을 했지만 엄마는 부상 후유증으로 밤마다 통증에 시달렸고, 아직은 재활 중이라 걸음걸이가 불편한 상태였다. 계단을 내려올 때는 몸을 옆으로 틀어서 한 계단씩 내려와야 했고, 최대한 조심했지만 어느 순간에는 절뚝이는 모양새가 될 때도 있었다. 엄마는 자신의 그런 모습을 혹시라도 사돈이 볼까 걱정한 것이었다.

"응, 가까워. 그런데 걸어 다니면서 만날 정도는 아니야. 우리 집에 오는 거 아니면 근처로 오실 일은 없어."

재빨리 엄마를 안심시키는 말을 늘어놓았다. 그래도 엄마는 집에 도착하자 아기를 집에 데려다주고는 바로 떠났다. 아기 때문에 나는 엄마를 제대로 배웅할 수도 없었다.

비로소 엄마에게 너무 미안해졌다. 피로를 한방에 풀어주는 황토 사우나를 찾았지만 그게 다 무슨 소용이란 말인가. 나는 그 일 이후 한동안 사우나를 잊기로 했다.

엄마라는 사람들

2

   미팅을 위해 출판 기획사에 가야 할 일이 생겼다. 어떤 책을 만들려는 건지 설명을 듣고, 일정 등을 논의해야 했기 때문이다. 아기를 데리고 친정집까지 가서 맡기자니 지난번처럼 차에서 울까 봐 걱정이고, 엄마에게 우리 집에 와달라고 하자니 아직 다리가 완쾌되지 않은 엄마한테 미안했다. 게다가 나도 우리 집에서 바로 기획사에 가는 것이 편해서

꾀가 났다. 결국 용단을 내렸다. 시어머니께 아기를 봐달라고 부탁하기로 한 것이다. 처음 하는 부탁이라 날짜를 넉넉히 두고 미리 가능한지 여쭤보았다. 어머니는 흔쾌히 그러시겠다고 했다. 나만 어려워서 말을 못 하는 거지 분명히 들어주실 줄 알았다. 나는 한 가지 고민을 해결하고 미팅 날을 기다렸다. 그런데 미팅하기로 한 날 오전에 시어머니에게서 전화가 왔다.

"어떡하지? ○○이가 와서 애를 좀 봐달라고 해서. 너 회의 내일로 미루면 안 되겠니? 내가 내일 봐줄게."

시어머니는 미안하고 다급한 목소리로 말씀하셨다. ○○이라고 하면 남편의 누나, 나의 시누이였다. 아마도 어머니는 당장 시누이 집으로 출발을 해야 하는 상황 같았다. 내가 무슨 말을 하겠나. 그저 알겠다고 답했다. 그렇게 전화를 끊고 나니 막막했다.

업무 미팅이 무슨 국가 행사처럼 하루 미룬다고 큰일 날 일은 아니었다. 어머니 말대로 다음으로 미뤄도 될 일이었다. 하지만 내 맘이 문제였다. 정말 그러고 싶지가 않았다. 아기를 키우는 엄마니까 사정을 배려해야 한다는 정서가 널리 퍼진 때도 아니었고, 그런 시기였다고 해도 내 맘은 비슷했을 거다. 나는 일하는 사람으로 온전한 몫을 하고 싶었다. 하지만 아무리 생각해도 뾰족한 방법이 없었다. 결국 정말 내키지 않았지만 회의를 미뤄달라는 전화를 했다.

그날 이후 나는 집에서 20분이면 갈 수 있는 기획사를 가기 위해 만반의 준비를 했다. 아침부터 아기 짐을 챙겨 40여 분을 달려 친정집으로 갔다가, 거기서부터 다시 한 시간 거리의 기획사로 가서 회의를 했다. 회의를 마치면 다시 한 시간을 달려 친정집으로 가서 아기를 데리고 다시 40여 분을 들여 우리 집으로 왔다. 그날의 일은 오랫동안 서운함으로 마음 한구석에 남아있었다. 하지만 생각해 보면 이해 못할 일도 아니었다. 시어머니는 내게 엄마와 언니들이 있으니 본인이 아니어도 도와줄 사람이 있을 거라고 생각했을 거다. 하지만 시누이에겐 도와줄 사람이 엄마인 당신뿐이니 갑작스러운 부탁을 거절할 수 없었던 거다.

여자가 온전히 일을 하려면 다른 여자의 희생이 필요하다는 말들을 한다. 그날은 나와 시누이 모두에게 시어머니의 희생이 필요했던 날이었다. 보통 일하는 아기 엄마들은 비용을 지불하고 베이비 시터의 도움을 받는다. 하지만 그렇다 하더라도 엄마가 필요한 순간이 온다. 아기가 아파서 엄마만 찾는다거나, 베이비 시터에게 갑자기 아기 봐주지 못할 상황이 생긴다거나 사연은 다양하다. 그럴 때 엄마의 몫을 해줄 사람이 대개는 친정엄마나 시어머니, 언니 같은 사람들이다. 그럴 때마다 난 고민스러웠다. 다른 사람의 희생으로 내가 원하는 일을 한다면, 그게 과연 괜찮은 건지.

네 개의 메달

모든 사람은 자신이 어떤 존재가 될지 모른 채 태어난다.

부모가 누굴지, 형제는 있을지, 이름은 무엇이 될지.

남자가 될지, 여자가 될지.

어떤 존재가 될지 모른다는 면에서는 아주 공평하게,

원하는 걸 선택할 수 없다는 면에서는 불공평하게 태어

난다.

여자로 태어나는 순간, 내게는 네 개의 메달이 생겼다.

딸, 아내, 며느리, 엄마라는 메달.

나는 네 개의 메달을 목에 건 4관왕이다.

딸이라는 메달

나는 사 남매 중 셋째 딸로 태어났다.

셋째 딸이란 위치는 지나고 보니 정말 치열한 자리였다.

언니들과 동생 틈에서 내가 부렸던 샘과 노력은

형제들 사이에서 눈에 띄기 위한 발악 같은 것이었다.

여자아이들이 좋아하는 프릴 원피스를 거부하고

남자아이들처럼 바지 입기를 선호한 건

결국 셋째 딸의

눈물겨운 노력 아니었을까.

아내라는 메달

결혼을 하면서 한 남자의 아내가 되었다.

그 남자도 한 여자의 남편이 되었다.

남편은 결혼 전 어떤 다짐을 했을까?

결혼이 쉽지 않은 일임을 어렴풋이 알고 있었는지

나는 결연한 자세로 두 가지를 다짐했다.

첫째 다짐은 '내 몸을 아끼지 말자'였다.

엄마가 하던 많은 일을 이젠 내가 해야 할 테니

각오가 필요했다.

집안일 같은 경우, 남편과 나눠서 한다지만

설령 내가 더 하게 되더라도

그깟 일로 괜한 감정 소비하지 말자 생각했다.

하지만 현실이 될 때 각오만큼 되기 어렵다.

해가 질 무렵이면 저녁거리가 걱정이었고,

결국 일하다 잠깐 짬을 내서 요리책을 사고,

두부 한 모를 사 간신히 찌개를 끓이는 시간이 이어졌다.

'삼시 세끼'는 지금까지도 고민거리다.

둘째 다짐은 '남편 형제간에 의가 상하지 않게 하자'였다.

어릴 때부터 이곳저곳에서 쉽게 들어봤던,

여자 잘못 들어와서 집안 망쳤다는 말 때문이었을 거다.

난 이런 말을 싫어하는 사람이었지만,

사랑하는 사람과 새로운 삶을 시작한다는 마음에

어떤 불협화음도 내기 싫었던 마음이 더 컸던 거 같다.

며느리라는 메달

아내가 되며 자동으로 얻게 된 며느리라는 메달.

난 그 메달이 참 힘겨웠다.

며느리는 한 가정의 새로운 가족이 되는 거라고 하지만

실상 그 가족의 가장 낮은 존재가 되는 것처럼 느껴졌다.

결혼 후 나는 며느리가 된다는 건 신분제에서

가장 낮은 계급이 되는 건가 생각하게 되었다.

나의 시댁 식구들은 참 좋은 사람들이었다.

그런데 이미 오래전 만들어진 구조적 문제 때문인지

친정 가족처럼 쉽사리 편해지지 않았다.

강아지처럼 사랑을 구걸하는 짓도 했던 거 같고,

눈에 나지 않을까 초조해했던 것도 같다.

시댁 식구들은 나를 배려했지만 그건 말 그대로 배려.

나의 위치나 감정과는 별개의 문제였다.

무엇을 해도 달라지지 않는 계급 같은 며느리라는 메달은

네 개의 메달 중 심리적으로 가장 버거운 것이었다.

엄마라는 메달

엄마라는 메달은 나를 성장시키는 것이었다.

나를 어른으로 가장 잘 키워준 것은

'엄마가 되는 것'이었다.

아이를 낳고 키우면서 세상을 보는 눈과

세상사를 판단하는 기준이 많이 달라졌다.

달라진 정도가 아니라,

엄마의 눈으로 세상을 보는 것이

전부처럼 느껴질 정도였다.

그래서일까.

사람들은 때때로

자기 자식 생각에 합리적인 생각을 못 하고,

그러다 사회 부조리를 만들기도 한다.

하지만 내 아이와 가족을 생각하는 마음을

상대도 가지고 있다는 생각을 하면

조금 더 나눌 수 있고 너그러워질 수 있다.

난 다른 사람도 엄마의 마음을 가지고 있다는 걸

잊지 않으며 살고 싶다.

그리고 세상 사람들도 그런 맘이길 바란다.

네 개의 메달은 지금도

숨을 들이쉬고 내쉴 때마다 가슴 언저리에서 움직인다.

가슴에서 흔들리는 메달은

시간이 지나면 분명 하나둘씩 사라질 것이다.

메달이 나를 설명하지 못할 때,

나는 나를 어떻게 말해야 할까.

여자로 태어나는 순간, 내게는 네 개의 메달이 생겼다.
딸, 아내, 며느리, 엄마라는 메달.
나는 네 개의 메달을 목에 건 4관왕이다.

#네개의메달

모순덩어리 청춘,
이 또한 지나가리라

"넌 어떻게 결혼한다는 애가 통장에 돈이 그것밖에 없는

거니?"

결혼 전 아빠가 내게 한 말이다. 아빠가 신혼여행 경비를

내 통장에 넣어주며 잔액을 보게 된 모양이다. 그런데 나는

그 말이 좀 의아했다.

'어, 그렇게 많을 리가 없는데.'

아빠가 말한 금액은 실제 내 통장 잔액의 열 배나 되는 돈이었다. 아빠는 서른이 다 된 나이에 통장에 겨우 그 돈밖에 없을 거라고는 아예 생각도 못 한 거 같았다. 있지도 않은 '0' 하나를 더 붙여서 볼 정도로.

젊은 시절 나는 참 못난 사람이었다. 허무주의와 패배감에 젖어 자꾸 제 속으로 숨어들기만 했었다. 세상에 나가는 것이 두려웠다. 요즘 이십 대가 겪는 어려움에 비하면 나의 이십 대 시절은 사회로 나갈 기회가 많이 주어진 건데도 당시 나는 쉽게 나서지 못했다. 그때 나는 인생이 거창해야 한다고 생각했던 거 같다. 세상에 두 발로 당당히 서서 내가 이렇다며 보여줘야 한다고 생각한 거다. 그러니 모든 것이 부담스럽고, 별 볼 일 없는 내가 부끄러웠을 거다. 부끄러움을 들키지 않으려면 숨는 것밖에 방법이 없는데, 숨으려면 숨는 이유가 있어야 했다. 그래서 찾은 것이 허무주의였다. 역설적이게도 숨어들려고 이유를 찾다 보니 인생이

거창하지 않고, 아무것도 아니라는 걸 생각해낸 거다. 하지만 숨기 위해 찾은 핑계는 내 삶에 별 도움이 되지 않았다. 허무주의 뒤로 숨었을 뿐 두려움은 하나도 줄어들지 않았다.

언젠가 이십 대 청년이 400만 원을 보이스 피싱으로 잃고 자살했다는 기사를 본 적이 있다. 기사를 보는데 억장이 무너지는 기분이었다. 어찌 돈 몇백만 원에 그런 선택을 하느냐고 하는 사람도 있을 거다. 그런데 그 시기에는 그런 선택이 가능하다는 걸 나는 안다. 이십 대 초입은 어른이지만 어른이 아닌 때다. 사회는 어른으로서의 책임을 지우지만 당사자들은 아직 경험도, 버틸 힘도 기르지 못했으니 벅차고 힘들 뿐이다. 세상은 그렇게 친절하지도 않고, 세심하게 배려해 주지도 않는다. 그래서 나는 열심히 버티고자 '존버'를 외치는 요즘 젊은이들이 감탄스럽다. 그 나이의 나는 생각지도 못한 걸 그들은 알고 있다. '존버'의 시작은 정확하진 않지만 먼 옛날 다윗 왕으로 거슬러 올라가야 할 거다. 현명하기로 정평이 나 있는 다윗 왕은 자신의 반지에 '이 또한 지나가리라'라는 글귀를 새겼다. 그 옛날 위대한 왕도 '존버 정신'을 마음에 새긴 것이다. 삶은 어쩌면 멋진 계획과 실천만으로 채워지는 것이 아니라 그저 버티고, 버텨내는 것일지도 모른다. 그러다 위대한 결과가 따라올 수도 있는 것인데 난 시작 자체를 두려워했다. 그러다 보니 결혼을 앞두고도 통장이 허전한 사람일 수밖에 없었다. 다시 이십 대가 된다면 달라질 수 있을까. 내 부끄러운 젊은 날을 돌아보며 '존버'를 외치는 지금의 이십 대에게 박수를 보낸다. 리스펙트!

하고 싶은 일과
잘하는 일

　뒤늦게 글을 쓰기 시작한 내가 컴퓨터 모니터 앞에서 끙
끙대고 있을 때다. 나를 기획사에 소개해 준 친구에게서 전
화가 왔다.

　"어떻게 잘하고 있어?"

　"몰라, 열심히 하고는 있는데 잘하는 건지 모르겠어. 혹
시 너희 선배한테 무슨 말 듣고 전화한 거 아니야? 그 선배

가 뭐라고 해?"

소심한 나는 노파심에 급하게 물었다.

"뭘 뭐라고 해. 그 후로 선배랑 통화한 적도 없어."

나는 통화조차 안 했다는 말에 안심하면서도 여전히 불안했다.

"애, 그냥 편하게 해. 너 어릴 때부터 글 잘 썼잖아."

"내가 그랬어?"

"그래, 몰랐니?"

친구의 말에 나는 어릴 적 나를 생각해 보았다.

사람들은 흔히 꿈이 뭐냐고 묻는다. 장래에 하고 싶은 일을 묻는 것인데 이럴 때 어떤 대답을 해야 할지 참 고민스럽다. 내가 하고 싶어 한다고 할 수 있는 일이 아니니, 말해 뭐하나 싶은 냉소 섞인 맘이 있었다. 동시에 하고 싶은 건 이건데 다른 걸 해야 잘 먹고 잘살 거 같아서 선뜻 고르기 힘든 맘도 있었다. 그런데 보통 하고 싶은 일은 그 사람이 잘하는 일이라고 한다. 사람은 자신이 잘하는 일을 할 때 재미를 느끼기 때문이라는데, 생각해 보면 그런 것 같기도 하다. 노래방에 가자고 하는 친구들은 보통 노래를 많이 알고, 잘한다. 술 먹으러 가자고 하는 친구 중에는 말술을 먹는 사람도 있고.

그런데 처음부터 뭔가를 잘할 수는 없지 않은가. 그러니까 하고 싶은 일이란, 반드시 잘하는 일이 아니라 흥미를 느끼고 있어서 노력하려는 의지가 있는 일이고, 흥미를 느끼고 있다는 건 약간의 재능을 타고난 일이라고 할 수 있을 거 같다.

그럼 나는 친구 말대로 글재주가 있었을까? 솔직히 나는 남에게 떠벌릴 만한 재능을 가진 사람은 아니다. 나의 어릴 적 소원은 그저 책을 많이 갖는 것이었다. 굉장한 독서광이었냐고? 그것도 아니다. 그냥 책을 좋아했다. 글자 많은 책을 진득하니 읽지 못해서 그림이 많은 책만 골라 읽곤 했다. 어릴 적 학교 도서관에서 보았던 전체적으로 노란빛을 띠었던 따뜻한 분위기의 그림책이 기억이 난다. 난 그냥 그런 종류의 책을 많이 갖고 싶다는 욕심만 있었다.

내가 장편을 처음으로 다 읽은 때는 중학교 1학년 겨울 방학이었다. 옆으로 누워서 〈나의 라임 오렌지 나무〉를 읽기 시작했는데 어느 순간 책에 온전히 빠져서 순식간에 한 권을 다 읽었다. 나도 모르는 사이 눈물이 한쪽으로 쉬지 않고 흘러 베개가 축축하게 젖었다. 난 책을 다 읽고 가만히 있을 수 없었다.

'제제야, 넌 꼭 행복해야 해. 네가 꼭 행복하기를 바라.'

나는 주인공의 행복을 간절하게 비는 편지를 썼다. 소설인 걸 알고 있었지만 마음에서 우러나오는 제제를 향한 안타까움과 제제의 행복을 바라는 마음을 속에 담고 있기 힘들었다. 글로 쏟아내고 나서야 비로소 감정을 추스를 수 있었다. 나에게 책이 주는 감동은 컸고, 그 감동을 표현하기 위해 글쓰기가 필요했던 거다.

돌아보니 초등학교 때부터 고등학교 때까지 내가 거쳐온 동아리는 모두 책과 글로 연결된 것들이었다. 글쓰기 반, 독서반, 토론반, 창작반 등 이름만 달랐을 뿐이었다. 나는 내가 어떤 것을 원하고 있었는지 그제야 확실히 알 수 있었다.

'너 오랫동안 이런 걸 원하고 있었구나!'

어릴 때 나는 할머니, 엄마, 아빠의 기분이 어떤가 살폈다. 언니들은 어떤가, 동생은 어떤가. 그리고 학교에 가서는 선생님과 친구들의 상태를 살폈다. 연애를 할 때는 남자 친구의 마음을 살폈고, 직장에서는 상사와 동료의 생각을 살피고, 결혼을 해서는 시댁 식구들의 모습을, 아기를 낳고는 아기의 모든 것을. 대부분 사람들이 살아가면서 하는 행동이다. 그래야 서로 어울려 잘 살아갈 수 있기 때문이다.

잘 살기 위해 주변 살피는 데는 게으름을 피우지 않았는데 정작 나를 살핀 적이 없었다는 걸 깨달았다. 늘 글을 읽고 쓰는 동아리를 선택했으면서 내가 원하는 것이 그런 일임을 눈치채지 못했다. 글은 재능이 뛰어난 사람만 쓰는 거라고 말하며 나의 욕구를 덮어버렸다. 그건 나를 스스로 무시하는 말과 행동이었다. 내겐 최소한 책과 글에 대한 관심과 흥미가 있었다. 만약 이런 아이를 만났다면 난 분명 이렇게 말해줬을 거다.

'글쓰기에 관심이 많아 보이니 앞으로 글을 써보는 것도 좋겠구나.'

나는 이후 누군가에게 조언을 할 상황이 되면 이 말부터 한다.

'작정하고 자신을 들여다보는 시간을 가져요.'

'자신이 내는 목소리를 들어보는 시간이 꼭 필요해요!'

어떤 사람들은 자신이 좋아하는 일 곁을 늘 맴돌면서도 자신의 욕망이 무엇인지 잘 정의하지 못한다. 나 역시 오랫동안 하지 못했던 것을 다른 사람은 꼭 해보기를 바란다.

많은 사람이 자신을 들여다보는 시간이 부족하다고 느끼기 때문에 하는 말이기도 하다.

작가라는 직업을 가지고 살다 보니 아이의 학교에서 직업 체험을 하라고 할 때면 아이의 친구들이 나를 찾아오곤 했다. 작가라는 직업의 실상을 알고 싶어서 오는 것인데 그럴 때면 나는 더욱 강조해서 말한다.

'네가 원하는 것이 무엇인지 가만히 생각해 봐. 자신을 잘 살펴야 원하는 일을 할 수 있어. 그리고 꼭 네가 원하는 일을 해. 세상에 쉬운 일은 하나도 없어. 일은 어느 단계에 이르면 다 힘들고, 스트레스도 많지. 그러니까 자신이 원하는 일을 해야 그나마 버텨낼 수가 있어.'

나는 힘주어 이야기하곤 했는데 내 이야기에 눈을 반짝인 아이는 지금까지 딱 한 명 본 거 같다. 그래도 나는 어리석었던 내 경험에 비추어 이런 말을 잊지 않고 한다. 지금도!

세상에 쉬운 일은 하나도 없어.

일은 어느 단계에 이르면 다 힘들고, 스트레스도 많지.

그러니까 자신이 원하는 일을 해야

그나마 버텨낼 수가 있어.

#하고싶은일과잘하는일

빗길에서

빗길을 걸을 때면
지나는 자동차나 사람에게서
빗물이 튕겨오지 않을까
신경이 곤두서곤 한다.

그런데 가만히 걸어보면 안다.

빗길을 걸을 때 가장 자주
내 종아리에 튀는 물은
내 걸음 끝임을.

나에게 가장 가혹한 것은 나이고

나를 공격하는 이도 나일 때가 많다.

힘든 이유를 밖에서 찾으려 하지만

내 안에 모두 있다.

빗길을 걸으며

내 안에서

문제와 답을 찾아볼 필요가 있다.

땀이 줄줄 나며 미칠 듯 더울 때

시원한 맥주를 쭉 들이켜면 황홀하다.

그래서 어느 날은 맛있게 맥주 마실 욕심에

뜨거운 물에 들어가 앉아 있었다.

미칠 것 같은 날이 있어야 황홀한 날을 맞는 것.

인생을 이제 좀 알아가는 건가?

Part 2

여름

:

뜨거운 태양 아래,
쌉쌀달콤한 인생

첫 자식 같은 첫 책

"너 이름은 어디 있어?"

남편이 책을 앞뒤로 뒤집어가며 표지를 살피다 물었다.

"표지 넘겨봐. 안에 있을 거야."

내가 쓴 첫 번째 책이 나왔다. 자식을 낳은 듯이 기쁘고
소중했다.

"머리말부터 끝까지 다 네가 쓴 거지?"

"그럼, 내가 다 썼지."

나는 자신만만하게 대답했다. 하지만 돌아오는 남편의 반응에는 아쉬움이 가득했다.

"네 이름이 표지에 나왔으면 좋았을 텐데."

남편은 표지 안쪽 접힌 면에 있는 기획사 소개 글과 그 글 맨 끝 줄에 쓰인 내 이름 석 자를 확인하고는 책을 덮었다. 남편은 나의 노력이 책에 크게 드러나지 않은 것을 아쉬워했지만, 나는 처음부터 그런 건 별로 신경 쓰지 않았다.

처음부터 끝까지 모두 혼자 써낸 나의 첫 책. 이 책은 내가 살아있음을 세상에 알리는 생존 신고 같은 거였다. 그 의미를 다른 이가 알 리 없다. 모두 잠든 밤에 물을 마시러 나왔다가 식탁에 놓인 내 책을 보면 기분이 좋았다. 가슴에 책을 품으면 키득키득 웃음이 났다. 그거면 족했다.

쌉쌀달콤한 인생과
글쓰기

첫 책이 나오기까지 내겐 쓴맛의 경험들이 좀 있었다.

일을 시작하고 얼마 되지 않았을 때의 일이다. 기획사의 대표를 만났다. 참고로 기획사는 출판사와 조금 다르다. 출판사는 책이 될 수 있는 콘텐츠를 기획하는 것뿐만 아니라 직접 책을 제작하고 홍보와 판매를 위한 유통까지 종합적으로 책임지는 곳이지만, 기획사는 책이 만들어질 수 있는 내용물을 만들어 출판사에 넘기는 일까지만 주로 하는 곳이다. 때론 출판사로부터 제작까지 의뢰받아 대신 제작을 해주기도 한다. 어쨌든 내가 만난 그 기획사 대표는 내게 첫 일감을 주었던 친구 선배의 남편이었는데, 그분이 조심스럽게 내게 말했다.

"이번에 만들기로 한 위인전 기획 말인데요, 경선 씨는 경험이 없어서 말이에요."

대표가 말하는 위인전은 내가 참여해서 글을 쓰기로 한 일이었다. 나는 대표가 어떤 말을 하려는 건지 인내심을 가지고 기다렸다.

"어쩌면 다른 작가 이름으로 나갈 수도 있어요."

말로만 듣던 대필 작가 일을 말하고 있는 거였다. 나는 당황스러움에 순간적으로 얼굴이 달아오르는 걸 느꼈다. 하지만 곧 마음을 가라앉혔다. 기분 나쁘고 불쾌한 일이 분명했지만, 나는 괜찮다고 대답했다. 경험이 없으니 그런 식으로라도 글을 써봐야겠다고 생각했다. 세상에 대해 잘 아는 것은 아니지만, 만만한 곳은 아니라고 생각하며 살았다. 그 것이 젊은 시절 세상에 나가기 두려웠던 이유이기도 하다. 나는 이번에는 세상으로 나서보기로 했다. 순탄치 않은 걸 당연하게 받아들이고 버텨보는 거다. 불행인지 다행인지 내게는 대필의 기회마저 오지 않았다. 기획사에서 말은 꺼 냈지만 차마 그럴 수 없었을 수도 있고, 그냥 그 일이 내게 맡겨지지 않은 것이었을 수도 있다. 달라진 거라면 이 일을 제안받았을 때 겪었던 마음속 변화가 세상을 대하는 나의 태도에 변화를 가져왔다는 거다. 세상이 내게 달콤한 것만 건네는 게 아니라는 걸 인정하고, 때론 오히려 그것이 약이 되게 이용할 줄도 알아야 한다고 여기게 되었다.

  또 어느 날엔가 청천벽력 같은 연락을 받은 적도 있다. 기 껏 글을 써서 원고를 보냈는데 출간하지 않게 되었다는 거 다. 책이 나올 수 없다니. 내가 쓴 수많은 원고가 휴지 조각이 되는 순간이었다. 허탈감이 밀려왔지만 대놓고 따지지 못했다. 출판사 사정으로 책이 나올 수 없는 경우가 흔하지는 않지만, 가끔 생길 수 있는 일이었다. 그래도 답답했고 화도 났다. 하지만 당시 나는 목소리 높여 따질 수 없었다. 이 바닥의 생태와 그 속에 나의 위치를 알 수 없으니 그저 일이 흘러가는 대로 보고 있을 수밖에 없었다.

나의 첫 번째 책은 이렇게 여러 사정 끝에 나온 거였다. 남들이 보면 별거 아닌 책 한 권일 수 있다. 하지만 내겐 너무 소중했다. 나에게 귀하다고 남들도 그것을 귀하게 여겨야 하는 법은 없다. 그래서 내 첫 책이 나왔을 때 나는 다른 사람들의 생각과 상관없이, 혼자 맘껏 뿌듯해했다. 내 인생에 커다란 훈장을 받은 듯 가슴이 부풀어 서점에 가서 일부러 내 책을 찾아보는 일을 행사처럼 치렀다.

내가 만든 글쓰기 루틴

첫 책이 나오기까지 내게 글을 쓴다는 것은 지난한 시간의 연속이었다. 글쓰기를 막 시작할 당시 나는 출판과 관련된 경험이나 정보가 거의 없었다. 글을 잘 쓰고 싶다는 마음만 가득할 뿐 뭘 어떻게 해야 할지 몰라 답답했다. 출판관련 강좌도 있었지만 아이를 키우며 겨우 글을 쓰는 상황에서 그런 데 갈 엄두가 나지 않았다. 그래서 다른 작가들의 책을 열심히 찾아보았다. 머리말부터 목차, 본문까지 독자가 아니라 글을 쓰는 입장이 되어 분석해가며 읽었다. 그리고 유명한 작가들이 쓴 글쓰기 방법 관련 책들도 찾아 읽었다. 나는 그것들을 읽고 나서야 조금 안심이 되었다. 작가들이 설명한 글쓰기 방법이 대체로 내가 생각했던 것과 크게 다르지 않았기 때문이다. 이것은 초보 작가에게 큰 용기를 주는 것이었다.

글쓰기 실력이 부족하다는 생각에 나는 어떤 분야의 글이든 가리지 않고 썼다. 맡겨진 것을 그저 열심히 잘 해내려고 노력했다. 그러면서 나름대로 나만의 글쓰기 방법이 만들어졌다. 기획사에서 여러 사람과 회의를 거쳐 누가 읽을 것인지, 어떤 주제를 담을 것인지 같은 책의 대략적인 콘셉트를 정했다. 그것을 토대로 기획안을 만들고, 기획안에 맞는 원고를 쓰기 위해 주제와 관련된 서적을 잔뜩 빌려서 읽었다. 관련 자료를 많이 읽고 정보가 쌓여야 비로소 책에 담을 구체적 내용이나 담고 싶은 내용을 골라 목차를 짤 수 있다. 목차는 되도록 꼼꼼하게 짜려고 애썼다. 목차는 책 내용의 지도와 같다. 책의 전체적인 내용과 구체적으로 어떤 내용이 들어가는지까지 쉽게 파악할 수 있기 때문이다. 결국 목차를 잘 짜야 원고를 쓸 때 길을 잃지 않고 잘 쓸 수 있다.

목차를 완성했으니, 이제 글만 쓰면 된다. 그런데 그게 그렇게 쉽게 되지 않는다. 첫 문장을 어떻게 시작하느냐에 따라 글의 분위기가 만들어지기 때문에 쓰고 지우고, 쓰고 지우고 하게 된다. '시작이 반'이라는 속담은 생각할수록 진리였다. 글쓰기가 일단 시작되고, 시작이 잘 풀리면 한동안 술술 써지는데 그렇지 않을 경우, 즉 '시작'이 잘되지 않으면 한참을 고전한다. 첫 문장을 고민하는 건 내 주변 많은 작가가 공통적으로 겪는 어려움이었다.

글을 쓸 때 나는 꽤 성실하다. 보통 '오늘은 어디까지 써야겠다'는 목표를 정하고 쓴다. 그런데 목표란 항상 아직 닿지 않은 곳에 있는 것 아닌가. 그래서 쳐다만 보다가 '여우와 신 포도'처럼 포기하려 할 때가 많다. 이럴 때 나는 나를 달랜다. 달래는 방법은 아기 달랠 때와 다를 것이 없다.

'조금만 더 쓰자. 이만큼 쓰면 너한테 맛있는 것을 줄게.'

'이것만 쓰고 거실로 가서 텔레비전 보면서 좀 쉬자.'

'잘 쓰지 못해도 돼. 우선 쓰자. 나중에 고치면 되니까 우선 써.'

그렇게 자신을 어르고 달래가며 쓰다 보면 탈고의 순간을 맞이하는 거다.

1. 책의 콘셉트 정하기

누가 읽을 것인지, 어떤 주제를, 어떤 방식으로
담을 것인지 등

2. 관련 자료 찾아 읽기

정보가 쌓여야 글을 쓰지!

3. 목차 만들기

책의 내용을 쓰기에 앞서 뼈대를 만드는 작업!
글을 쓰다 길을 잃지 않게 지도를 만들어가는 것.

4. 본격적인 글쓰기

첫 문장 쓰기가 관건! 일단 써야 한다. 시작이 반!

5. 술술 써질 리가 없지. 이럴 땐?

글 쓰는 자신을 달래는 각자의 방법 만들기.
내 경우엔 채찍과 당근 중 당근을 애용!
다 쓰고 나면 맛난 거 먹기, TV 보기,
맘껏 쉬기 같은 걸로 어르고 달랜다.

글쓰기 실력이 부족하다는 생각에 나는
어떤 분야의 글이든 가리지 않고 썼다.
맡겨진 것을 그저 열심히 하려고 했다.
그러면서 나름대로 나만의 글쓰기 방법이
만들어졌다.

#내가만든글쓰기루틴

궁리

인간은 늘

뭔가를 **만들 궁리**를 해왔다.

아무 의미도 가치도 없던 것에

의미를 만들고,

목표를 만든다.

사람들이 즐기는 스포츠를 보라.

땅에 구멍을 내고,

바닥에 골대를 세우고,

그 속에 공을 넣으려 애를 쓴다.

전혀 이상한 일이 아니다.

그것이 우리가 사는 세상이다.

나도 무언가를 만들 궁리를 한다.

해야 하고,

해도 된다.

세상은 처음부터
정해진 틀이란 게 없다.

세상은 어차피
누구의 것도 아니니,
네 것이기도
내 것이기도 하다!

불안과 강박이
만들어준 좋은 습관

처음 글을 쓸 때 나는 많이 불안했다. 이게 맞는 걸까, 내가 제대로 쓰고 있는 걸까? 책을 만들기 위한 글쓰기는 어려웠고, 글을 잘 쓰지 못한다는 생각 때문에 원고를 다 마칠 때까지 편하게 잘 수 없었다. 자려고 누워도 머리에는 계속 글 생각이 남아 반수면 상태가 되었다. 육아로 늘 부족했던 잠은 글 생각에 더 부족해졌다. 그래도 어느 순간 집중해서 글을 쓰다 보면 두어 시간이 후딱 갔고, 새벽까지 글쓰기가 이어지는 때가 많았다. 글을 쓰는 일은 정신적으로도 육체적으로도 고되었다.

게다가 난 태생부터 불안과 걱정이 많은 사람이다. 지금도 어릴 때 잠 못 자고 했던 걱정들이 기억난다. 그래서 아이가 내 성격을 닮지 않기를 기도한 적도 있다. 불안과 걱정은 힘든 감정이라 아이가 나처럼 살지 않았으면 싶었다. 그런데 시간이 지나면서 '나쁘다'와 '좋다'는 절대적으로 정해진 것이 아니라 정도의 차이가 있을 뿐이란 걸 알게 되었다. 세상에는 나쁘기만 한 것도, 또 좋기만 한 것도 없다고 생각하게 되었다. 실제로 난 대학에 떨어지고 하늘이 무너지는 절망감을 느꼈었다. 그런데 입시에 실패하고 나중에 다른 대학에 가서 지금의 남편을 만나고 그때 대학에 떨어진 것이 잘 된 일이라고 생각했다. 끔찍하게 슬펐던 일이 나중엔 행운처럼 여겨진 것이다. 물론 이건 사랑에 푹 빠져 있었을 때 생각이긴 하지만. 아무튼 어떤 일이건 양면이 있게 마련이다. 나는 이런 생각을 내게도 적용했다.

나를 가장 잘 이해하고, 설명할 수 있는 사람들을 꼽으라면 우리 언니들일 거다. 언니들과 어릴 적 이야기를 나누다 보면 내가 어떤 사람인지 뚜렷해질 때가 있다. 작은 언니가 어린 시절을 떠올리며 큰언니에게 볼멘소리를 했다.

"언니 기억나? 초등학교 때 언니가 저녁에 숙제 같이해줄 테니까 놀자고 해서 놀았는데, 언니가 먼저 잠들어서 나 혼자 울면서 숙제했던 거."

"내가 그랬어?"

"그래, 언니가 그랬어."

작은 언니는 이번에는 나를 돌아보며 말했다.

"너는 늘 학교 다녀오면 바로 숙제를 해버려서, 같이 숙제하려다가 나 혼자 하느라 얼마나 김샜는지 알아?"

"내가 그랬어?"

작은 언니를 가운데 두고 큰언니와 내가 같은 질문을 했다. 작은 언니의 말을 미루어 짐작건대 나는 어릴 때부터 불안과 걱정 때문에 해야 할 일이 있으면 바로 해둬야 하는 스타일이었던 거 같다. 이런 강박은 글을 쓸 때도 이어졌다. 그래서 몸도 마음도 더 힘이 들었다. 하지만 나는 이런 강박을 이용해 나만의 철칙 하나를 세웠다.

'마감 날짜만큼은 꼭 지키는 작가가 되겠다!'

경험이 없는 내가 당장 뛰어난 작가가 되는 건 불가능했다. 난 내가 할 수 있는 최선의 것을 강점으로 삼아야겠다고 생각했다. 내가 만든 강점은 나의 단점이었던 불안증과 강박을 이용한 것이었다.

'어느 출판사든지 간에 내게 글을 맡겨보라고. 마감이 늦어질 일은 절대 없을 거다. 하하!'

이걸로 자신만만한 마음 하나를 탑재하게 되었다.

마감에 늦지 않기 위해 밤낮으로 노력하면 좋은 일이 또 있다. 마감을 맞을 때 기분이 말로 표현하기 힘들 정도로 좋다. 두꺼운 책 한 권은 읽기도 어려운데, 심지어 그런 책을 썼다니! 책 한 권을 다 쓰고 나서 마감을 맞이하는 것은 글쓰기에서 느낄 수 있는 엄청난 성취감이다. 나는 한동안 '마감'을 맞이하기 위해서 글을 써야겠다는 생각을 할 정도였다.

마감 전까지는 쉬어도 쉬는 것이 아니었다. 책에 대한 걱정으로 불안이 늘 좇아다닌다. 그러다 마감을 하고 글쓰기에서 벗어나면 날아갈 거 같다는 표현으로는 부족할 정도로 짜릿하다. 그동안 뜨지 않던 해가 떠올라 세상이 환해지는 것도 같다. 군대에서 제대를 하거나, 감방에서 나오면 이런 기분일까? 이런 해방감일까? 마약을 하면 이렇게 황홀할까? 나는 글을 쓰면서 힘이 들 때면 마감을 떠올리곤 했다. 누구든 그 맛을 한번 보길 권하고 싶다.

'마감 날짜만큼은 꼭 지키는 작가가 되겠다!'
경험이 없는 내가 당장 뛰어난 작가가 되는 건 불가능했다.
난 내가 할 수 있는 최선의 것을
강점으로 삼아야겠다고 생각했다.
#불안과강박이만들어준좋은습관

사랑,
그 설렘으로 만든
진짜 나의 첫 책

너무 오래전이라 잊고 있었는데 생각해 보니 나의 첫 번째 책은 따로 있었다. 스물한 살 겨울, 나는 책을 만든 적이 있다. 책의 제목은 그 계절처럼 〈겨울〉이었다. 책 이야기를 하려면 나의 첫사랑, 아니 첫 번째 짝사랑 이야기를 해야 할 거 같다. 그 책은 그 아이에게 선물하기 위해 만들었기 때문이다.

그 아이는 내가 한눈에 찍은 아이였다. 그런 걸 한눈에 사랑에 빠졌다고도 말한다. 그 애에게는 영화 '귀여운 여인' 속 줄리아 로버츠를 바라보던 리처드 기어의 미소가 있었고, 노래할 때는 강렬하지만 말할 때는 별거 아닌 듯 헤헤거리는 서태지의 모습이 있었다. 대학에 가면 남자친구도 사귀고 그래야지 입버릇처럼 말했는데, 정말 꿈에 그리던 멋진 아이가 있었다!

그날 이후 나는 그 애를 힐금거렸다. 그러면서도 동시에 내가 몰래 본다는 걸 그 애는 물론 주변 사람들에게도 들키지 않으려고 애썼다. 짝사랑을 시작한 거다. 하지만 한 친구에게는 솔직하게 털어놓았다. 그 애가 너무 좋다고. 친구와 카페에서 그 애 얘기를 하면 몇 시간이고 금방 지나갔다. 지금 생각하면 참, 김칫국을 한 사발도 아니고 드럼통으로 마신 이야기인데, '그 애의 미소와 너의 보조개를 닮은 아기가 있다면 얼마나 귀여울까'라는 친구의 말이 참 듣기 좋았다. 사귀는 것도 아니고, 그저 멀리서 보며 짝사랑만 하면서 그런 이야기를 하고, 밤이 늦도록 그 애 얘기만 했다니. 지금 생각해도 사랑이란 정말 사람을 정신 못 차리게 하는 것 같다.

멀리서 바라만 보는 나의 짝사랑은 계속되었다. 하지만 그 애는 어쩐지 내게 신기루 같은 존재였다.

당시 학교 앞에 지하보도가 있었는데 어느 날 길 건너편에 그 애가 보였다.

'곧 버스를 타러 내가 있는 쪽으로 건너오겠구나.'

나는 우연히 그 애를 만나게 될 생각에 가슴이 뛰었다. 하지만 한참이 지나도 그 애의 모습은 보이지 않았다. 나는 타야 할 버스를 몇 차례 보내며 그 애가 나타나기를 기다렸다. 하지만 끝내 그 애를 볼 수 없었다. 잘못 본 걸까? 정말 거기 있었던 걸까? 나는 헷갈리는 마음과 결국 마주치지 못한 아쉬움을 가지고 다음번 버스를 타버렸다.

그 시절 음악에 푹 빠져 살던 나는 가끔 혼자서 대형 음반 매장에 가곤 했다. 그날도 음반 구경을 하고 집에 가려고 버스 정류장에 서 있었다. 이어폰을 꽂고 무심히 건너편을 보는데 거기에 그 애가 있었다. 나는 이번에도 헛것을 본 건 아닐까 눈을 비비고 다시 봤다. 근데 정말 그 애였다. 학교가 아닌 낯선 곳에서 그 애를 보다니! 나는 그 애를 만나기 위해 서둘러 육교 계단을 올랐다. 꽤 빨리 건너간 거 같은데 이번에도 그 자리에 그 애는 없었다.

도대체 어떻게 된 일이냐고? 말했잖는가, 그 애는 신기루 같았다고. 나중에 알아보니 지하보도를 건넌 줄 알았던 그 아이는 보도 입구 바로 옆에 있던 당구장에 간 거였다. 그러니 아무리 기다려도 볼 수 없었던 거다. 그리고 내가 육교 계단을 뛰어오를 때, 그 애는 버스에 올라탔었다고 했다. 기구하게도 그때 그 애 집에 가는 버스가 정류장에 들어선 거였다. 그러지 않았다면 그런 우연을 빌려 우린 이야기를 나누거나 카페에 갔을지도 모를 일이었다. 약속을 한 건 아니지만 우연히 본 그 애가 신기루처럼 번번이 사라질 때 느낀 허탈감은 아픈 짝사랑을 더 아프게 했다.

그 애를 향한 내 마음은 가슴속에서 자꾸자꾸 부풀었지만 어찌할 방법이 달리 없었다. 꼭꼭 숨긴 내 맘을 그 애가 알 리 없었고, 가까이 다가가지 못하니 내가 그 애 맘을 들여다볼 길도 없었다. 나는 그 애를 친구나 아는 사람 정도로라도 보자고 생각했다. 하지만 사랑이란 감정은 짝사랑일지라도 잘 숨겨지지 않았다. 왜 기침과 사랑은 감출 수 없다는 말도 있잖은가. 어느 날 나는 그 애에게 음반을 선물했다. 대학에 들어와 그 애처럼 새로 알게 된 친구들이 여럿 있었는데, 나는 용기를 내어 그 애에게만 선물을 주었다. 지금은 모두 디지털화되어 음반이 없어도 음악을 듣지만 그때는 음악을 선물하려면 테이프나 CD 같은 음반이 필수였다. 음악을 선물한다는 것은 내가 느꼈던 감동을 너에게도 전하고 싶다는 의미였다. 떨리는 맘으로 선물을 전하고 나서 며칠 후 혼자 벤치에 앉아 책을 읽고 있던 내게 후다닥 누가 뛰어왔다. 그 애였다. 그 애는 그 멋진 미소를 흘리며 음반 한 장을 내게 내밀더니 휙 돌아서 뛰어갔다. 내 선물에 대한 답례였던 거다. 그저 예의였을지라도 그 애로부터 선물을 받으니 너무 좋았다. 그리고 얼마 후 그 애는 대학 입시를 다시 준비한다며 우리 학교를 떠났다.

그때 그 애가 주었던 음반에는 '그대가 이 세상에 있는 것만으로'라는 노래가 있었다. 나는 노래 제목처럼 내가 아는 그 애가 이 세상에 존재하는 것만으로 만족하기로 했다. 자신감은 부족했고, 부끄럼은 넘쳤으니 그렇게 혼자만의 사랑을 하기로 한 거다.

하지만 마음이 있는 곳에 길이 있었다. 내가 그 애를 좋아하는 마음을 이어가선지 우리의 인연은 이어졌다. 그 애와 친했던 친구 하나가 나와도 꽤 친했는데 그 친구를 통해 우리는 어울려 만나게 되었다. '친구'라는 이름은 그 애를 만나는 아주 좋은 구실이 되었다.

그렇게 만남을 이어가던 그 겨울 나는 그 애에게 내 이야기를 선물하고 싶었다. 노트 이곳저곳에 써 놓았던 글들을 모아 내용에 따라 나름 분류를 했다. 챕터를 나눈 거다. 그리고 그 글들을 묶어 책으로 만들기로 마음먹었다. 어떻게 하면 그럴듯한 책을 만들 수 있을까? 고민 끝에 타자기 한 대를 대여했다. 타자기로 꾹꾹 눌러 글자에 고전미를 살리기로 했다. 글을 타자로 치는 경우 한번 망치면 처음부터 다시 해야 하는 어려움이 있다. 하지만 쉬지 않고 나의 글들을 종이에 찍어냈다.

"아, 다 했다!"

나는 타자기로 타이핑한 종이 뭉치를 보물단지처럼 끌어안고 학교 앞에 있는 복사 가게로 갔다. 당시 학교 앞 복사 가게는 두꺼운 원서도 복사를 해서 제본을 해주었다. 내 원고도 제본을 하여 책의 꼴을 갖출 생각이었다. 먼저 복사를 해서 제본을 하는 데 드는 비용을 물어봤다. 가진 돈도 많지 않았고, 내 책을 많이 만들 이유도 없어서 딱 세 권을 만들어 달라고 했다. 나 한 권, 그 애 한 권, 글 좋아하는 친구 한 권이면 충분하다는 계산이었다.

"이 책 제목은 뭐로 할까요?"

"제목이요?"

책 제목은 생각지도 못했는데 듣고 보니 책에 제목이 필요할 것 같았다. 잠시 고민을 하다가 그냥 겨울로 해달라고 했다. 당시 나는 사계절 중 겨울을 좋아했고, 내 생각의 단상들이 춥고 어두운 느낌이라 그 제목이 어울릴 것 같았다. 나는 완성된 책에 책 내용과 어울리지 않는 생뚱맞은 문구, '행복하기 바랍니다'를 한 줄 쓰고 나서 책을 그 애에게 건넸다.

책에는 그 애 이야기도 한 편 있었다. 그 애는 평소 스물두 살에 결혼하고 싶다고 말했었다. 그것이 하도 신기해서 '스물두 살에 결혼하고 싶은 아이'라는 제목의 짧은 글을 썼다. 그런데 그 애는 정말 스물두 살에 결혼했을까? 아니, 그 애는 서른에 결혼을 했다. 그때부터 9년을 연애하고 나랑 결혼했다.

C!
선택이 필요한 순간

철학자 장 폴 사르트르는 '인생은 B^{birth}와 D^{death} 사이에 있다'고 했다. 경이로운 생명으로 태어나지만 결국 인간이 향해 가는 것은 죽음이다. 변하지 않는 진리다. 하지만 대부분 사람들은 죽음은 아주 먼일처럼 아니, 마치 자신과는 상관없는 일처럼 여기며 살기 일쑤다. 그리고 B와 D 사이에서 생기는 크고 작은 선택들, 즉 C^{choice}를 만나 고민하기도 한다. 선택을 뜻하는 C는 도전challenge과 기회chance 같은 것이 되기도 한다. 아이 키우기와 씨름하며 힘겹게 글을 쓰고, 그렇게 책을 만들어가던 중에 내게 생각지도 못했던 C가 나타났다.

"이번에 한 출판사의 독서논술 잡지 만드는 일을 맡았어요. 그동안 일을 따내려고 제안서도 만들고, 여러 차례 회의도 했는데 우리가 선정된 거지요."

미팅을 하자며 사무실로 와 달라던 기획사 대표는 지금까지 하던 일과 많이 다른 새로운 일을 맡았다고 설명했다. 그러면서 내게 그 일을 맡아줄 수 있겠냐고 물었다. 그동안 여러 권의 책을 내긴 했지만, 글만 썼지 책을 만든 게 아니었다 보니 나는 출판 용어조차 낯설었다. 이런 내게 잡지를 만들어보자고 하니 고민스러웠다. 게다가 기획사 대표는 내가 작업실로 출근을 했으면 좋겠다고 했다. 나는 주변 상황까지 고민 속에 넣어 제대로 된 한 가지 C를 골라야 했다.

"잡지 만드는 일을 맡아달라는데 어떻게 해야 하지? 그거 맡게 되면 나 출근해야 하는데."

나는 먼저 남편에게 상의했다. 일도 일이었지만 가장 큰 걱정은 그 무렵 유치원생이었던 아이를 돌보는 일이었다. 1월부터 12월까지 한 해 분량의 잡지를 만들어 독서논술 회원에게 매달 전하는 작업은 지금까지 해온 단권 작업과는 많이 달랐다. 형식이 다른 만큼 작업 방식도 달라야 했다. 그래서 출근이 필요했다.

"너한테는 좋은 일인데, 준수가 걱정이네. 현실적으로 내가 도와줄 수 있는 부분도 없고."

남편은 언제나 내가 하는 일을 막은 적이 없었다. 다만 자신도 일을 하기 때문에 실질적인 도움을 주기 어렵다는 것이 문제였다. 남편의 입장과 상황에서 어쩔 수 없다는 걸 알았다. 애초에 남편이 육아를 맡아줄 거라는 기대로 했던 질문도 아니었다.

육아에 대한 고민은 일에 대한 고민보다 항상 앞섰다. 일은 나 혼자 감당하고 해결할 수 있는 것이었지만 육아는 그렇지 못했다. 나는 고민 끝에 기획사 대표에게 전화를 했다. 아이가 유치원에 가고 있지만 오후면 내가 아이를 돌봐야 한다고 설명했다. 내게는 신데렐라의 시간처럼 아이가 돌아오는 오후 2시까지만 외출이 가능했다. 그러자 기획사 대표는 아이가 유치원에 가 있는 시간 동안만 사무실 근무를 하라고 했다. 다만 출판사에 가는 미팅이 있을 때는 오후까지 시간을 내야 한다고 했다. 그 순간 나는 다시 엄마를 떠올렸다.

'회의 있는 날만 엄마가 도와주면 일을 할 수 있겠구나.'

엄마에게 부탁하니 엄마는 내 말대로 도와주겠다고 했다. 가장 컸던 첫 번째 걸림돌이 비로소 사라졌다.

가뜩이나 분주하던 아침이 더 분주해졌다. 남편이 가장 먼저 출근을 하고, 아이를 유치원 차에 태워 보내고, 바로 나도 출근에 나섰다. 그러기 위해서는 한발 빠른 준비가 필요했다. 집에 돌아왔을 때 허둥대지 않기 위해서는 집안 정리도 미리 하고 나가야 했다. 조금 과장해서 눈썹이 날리게 아침 시간에 바삐 움직였다. 하지만 나는 그 일이 싫지 않았다. 아침마다 작업실에 출근을 한다는 것이 설렜다. 혼자 차를 타고 가는 아침 공기가 그렇게 상쾌할 수 없었다. '아기 볼래, 밭맬래?' 하면 밭일을 선택한다는 옛말이 이해되고도 남았다.

작업실에 출근한 첫날 나는 문구점에 가서 내게 필요한 문구들을 샀다. 처음 학교에 입학했을 때도 이런 기분이었을까? 까마득한 옛 기억까지 더듬어보았다. 책상 서랍에 문구용품을 정리해서 넣고, 컴퓨터를 켜고 앉으면 내 자리가 그렇게 아늑할 수가 없었다. 나는 거의 매일 가장 먼저 작업실에 갔다. 문을 열고 들어가 창문을 열고 가장 먼저 하는 일은 마실 커피를 준비하는 거였다. 아이에게는 살짝 미안하지만 혼자 있는 나만의 시간에 커피를 마시는 것이 너무 행복했다. 처음에는 출근을 해야 하는 것이 큰 걸림돌이었지만 실제 집을 떠나 사무실에 혼자 있는 시간은 말도 못 하게 달콤했다.

그런데 업무는 그리 달콤하지 않았다. 잡지의 시작부터 끝까지 채울 내용을 기획하는 것은 그 일을 처음 하는 내겐 너무 어려운 것이었다. 급기야 난 기획사 대표가 정말 제정신으로 나에게 이 일을 맡긴 건가 하는 생각까지 했다.

'날 뭘 믿고 이런 일을 맡긴 거야. 나한테 왜!'

아침에 황홀한 기분으로 마신 커피는 오후면 내 속을 쓰리게 했다. 일은 잡고 있는데 무엇을 어떻게 해야 할지, 제대로 하고 있는 건지 확신이 서지 않아 좀처럼 속도가 나지 않았다. 그러니 언제나 일은 집에 와서도 늦게까지 이어졌다. 하긴 시도 때도 없이 일을 하는 건 그동안 내 전문이었다. 아이가 아프면 며칠씩 일을 못 하게 되었고, 집안에 일이 생기면 일을 하기 힘들었으니 내겐 정해진 근무시간도 휴식이 보장되는 주말도 따로 없었다. 시간이 날 때마다 글을 쓰는 것이 당연했다. 그렇게 일을 붙들고 씨름을 하고 있는데 친구에게 전화가 왔다.

"요즘 어떻게 지내? 잡지 만드는 건 잘 돼?"

신문사 기자로 일하는 친구라 내 처지를 이해할 것 같았다. 나는 넋두리를 늘어놓았다.

"야, 신문은 어떠냐, 잡지 만드는 건 너무 어려워. 이번 일하다가 나 병 걸리는 거 아닌가 몰라. 아니, 이미 병 걸린 거 같아. 스트레스 한가득이야!!"

친구에게 앓는 소리를 잔뜩 늘어놓고, 전화를 끊고 나서는 다시 일을 잡았다.

내가 잡은 C는 '나의 선택my choice'이면서 동시에 '나만의 무한도전infinite challenge'이었던 거다.

남편은 언제나 내가 하는 일을 막은 적이 없었다.

다만 자신도 일을 하기 때문에

실질적인 도움을 주기 어렵다는 것이 문제였다.

남편의 입장과 상황에서 어쩔 수 없다는 걸 알았다.

#C선택이필요한순간

무서운 사람

열심히 잡지 기획안을 만들어 출판사로 향했다. 미팅에 가기 전 내 기분은 떨리면서도 마치 전장에 나서는 장수처럼 비장했다. 내 기획안을 출판사 편집자들이 어떻게 받아들일지 알 수 없었다. 총포가 날아오듯 공격이 들어와 너덜너덜해지면 그간의 노력은 수포가 되어 난 기획안을 다시 짜야 할 것이다. 하지만 내게 무기가 아예 없는 것은 아니다. 내가 왜 그런 기획을 짰는지, 왜 그런 내용과 형식이 필요한지 설명할 내용을 가지고 있었다. 하지만 생각했던 것과 달리 막상 회의 현장에서는 주장을 강하게 펼칠 수 없었다. 내가 초짜인 게 티가 날까 걱정이 되었다. 나 자신도 우려하고 있는 초짜 작가라는 불안 요소를 상대에게 인지시켜 득이 될 건 하나도 없었다. 한편 내가 출판사로부터 외주 일을 맡은 기획자 '을'이었다는 한계도 주장을 강하게 펼치기 어려운 이유였다.

미팅은 출판사의 대리와 과장이 포진한 상태에서 격렬한 설전으로 이어졌다. 출판사에서는 충분히 좋은 내용이라는 걸 알면서도 더 좋은 것을 뽑아내려는 듯 밀어붙였다. 이럴수록 내가 할 수 없는 일은 할 수 없다고 분명히 이야기를 해야 후에 낭패 보는 일이 없을 터였다. 당시 나는 초짜였지만 출판사의 대리나 과장에 비해 어린 나이가 아니었고, 아기를 낳고 키운 생활인의 저력은 그래도 있어서 일에 대한 판단은 빠르게 내렸다. 그래도 출판사 김 과장은 무리하다 싶게 계속 나를 밀어붙였다. 무자비한 압박 속에서 나는 내가 할 수 있는 일을 최대한 찾아서 해내야 했다.

그 당시 나는 솔직히 김 과장이 무서웠다. 다 큰 어른이 되어서 만난 누군가를 무서워하는 감정이라니. 이건 중학교에 막 입학했을 때 입도 크게 벌리지 않고 낮은 목소리로 말하던 생물 선생님 이후 처음이었다. 어른이 되면서 누군가를 불편해하거나, 어려워한 적은 있어도 무섭다는 생각은 한 적이 없었다. 나는 모든 답이 자기 안에 있다는 듯이 자신의 의견을 밀어붙이는 출판사 김 과장을 대하는 일이 참 힘들었다. 하지만 언제나 그렇듯 한쪽이 밀어붙이면 다른 한쪽에는 숨 쉴 틈이 생긴다. 나와 팀을 이뤄 일해야 하는 실무 담당 편집자는 김 과장과 결이 달랐다.

나는 초등 고학년을 대상으로 하는 잡지를 맡았고, 각 학년별로 나와 같은 기획자와 담당 편집자가 있었다. 담당 편집자는 대리들이었고, 전체 실무를 총괄하는 팀장과 김 과장이 있었다. 김 과장은 기획이나 원고의 수정을 편집자인 대리가 다 했다며 내가 한 일을 평가절하하기도 했다. 그러면 나는 내가 부족해서 제 몫을 못 했다는 것에 좌절하고, 따로 담당 편집자에게 미안한 마음을 전했다. 하지만 편집자의 답은 김 과장의 말과 달랐다.

"선생님이 다 하신걸요. 제가 한 그 정도의 일은 편집자가 해야 할 일이었어요. 편집자들이 그런 일 하는 건데요, 뭐. 텅 빈 백지에 글을 써나가는 작가의 일과 이미 쓰인 글을 읽고 고민하며 다듬고 고치는 편집자의 일은 다르잖아요."

담당 편집자는 출판 과정에서 편집자의 일이 무엇인지 그런 식으로 내게 알려주었다. 우리는 꽤 호흡이 잘 맞았다. 내 의견에 편집자의 생각을 더하거나, 편집자의 생각에 내 생각을 더하는 식으로 의견을 조율해 나갔다. 담당 편집자는 몰아붙이는 김 과장의 행동들을 나중에 따로 해명하기도 했다. 어떤 상황에서 그런 행동을 했으며, 실제 요구 사항이 무엇인지 내게 설명했다.

편집자는 책을 만드는 데 중요한 역할을 하는 사람이다. 어떤 책을 만들지 작가나 기획자와 함께 고민하고, 기획안이 확정되면 이에 걸맞은 글이 나올 수 있도록 노력한다. 글에 어울리는 작가를 찾기도 하고, 작가에게 글을 의뢰하고 나서도 기획 의도에 맞게 글이 진행되도록 의견을 주고받는다. 그리고 원고가 멋진 책으로 완성될 수 있게 그림 작가, 책 디자이너 등과 함께 편집을 한다. 책의 꼴이 완성되면 독자에게 책의 장점을 어필할 방법을 찾는 일도 한다. 한마디로 편집자는 원고가 책이 되어 독자들에게 제 몫을 할 수 있도록 가꾸고 키우는 살림꾼이라고 할 수 있다. 그래서 작가는 능력 있는 편집자에 의해 발굴될 수도 있고, 성장할 수도 있다.

나의 경우도 좋은 편집자들에게 도움받은 일이 많다. 나는 편집자의 전문성을 믿고 따르는 편이다. 내게 부족한 부분을 편집자가 도와줄 것이라고 믿고, 또 그런 편집자와 일하는 것을 즐겼다. 그래서 원고를 읽고 의견을 보내오는 편집자의 문자나 메일을 연애편지처럼 기다렸다. 그리고 그 속에 내 글이 좋다는 칭찬의 말이 있으면 글을 쓸 때 아주 힘이 났다. 그래서 어떤 편집자의 문자는 보관함에 보관해두었다가 글을 쓰며 힘이 들고, 자신감이 떨어질 때마다 꺼내 읽었다.

"그래, 난 이렇게 좋은 글을 쓸 수 있어!"

너란 녀석

떨고 있구나.

파르르 떨리는 걸 숨기려

손을 꽉 쥐고 있구나.

손에 쥔 것은 너를 향해 날아온 화살

귀는 빨개지고

심장은 마구 뛰고

도망가고 싶구나.

괜찮다는 말은 세상에서 사라지고

아픈 말들만 귓가에 쟁쟁

그 말들에 눌려

떨어진 고개를 들어 올리지 못하는구나.

괜찮아, 괜찮아.

잘했어, 잘했어.

너에게 감동했어.

최고는 바로 너야.

어디서 들려왔을까?

작고 가는 그 말들이 스멀스멀 다가오고,

속삭임이 되고, 외침이 되고……

그제야 땅에 박힌 시선을 들어 올리는구나.

그래, 고래는 아니지만 칭찬이 필요했어.

칭찬이 고팠어.

그게 다였어.

그래서 더 잘할 수 있었어.

할머니 오지 마!

잡지 기획과 원고 작업을 하면서 새로운 일도 추가되었다. 그건 주제에 맞는 인물을 찾아 섭외하고 인터뷰하는 거였다. 활동 영역이 넓어지니 집구석 작가에서 세상 밖으로 나온 기분이었다. 종종 사진작가까지 대동하고 인터뷰를 하러 갈 때면 다소 긴장이 됐다. 그래도 일단 인터뷰를 시작하면 인터뷰 대상에게 일의 과정을 친절하게 설명하고,

상대가 편하게 답할 수 있도록 도왔다. 마치 경험이 많은 사람처럼 말이다. 그리고 돌아와서는 서둘러 원고를 썼다. 인터뷰 대상자의 말도 중요했지만 인터뷰 당시의 분위기도 글에 담아야 했다. 이렇게 시간에 쫓겨 처음부터 끝까지 모든 일을 해내려니 몸이 열 개라도 부족한 느낌이었다. 하지만 정신이 몸을 지배한다고 했던가. 내 몸은 일의 경중에 따라 자연스럽게 움직였다. 일을 하기 위해 밤이면 아이를 재우고 새벽마다 일어났는데 일이 많은 날은 새벽 2시, 좀 덜한 날은 새벽 4시, 보통 수준이면 6시에 일어났다. 내게 알람은 필요치 않았다. 일의 경중에 따라 눈이 자연스럽게 떠졌다.

내가 바빠질수록 엄마의 도움은 도움 이상의 것이 되었다. 엄마가 다녀간 날이면 삶아 빤 수건이 햇볕에 바삭하게 말라서 각지게 접혀 있었다. 그리고 엄마는 맛있게 김치찌개를 끓여놓고 그 옆에 당면을 물에 담가 불려놓고 갔다. 먹기 직전에 불린 당면을 넣고 한 번 더 끓여서 먹을 수 있게 해놓은 것이다. 밥도 물론 지어져 있었다. 아들은 집에 돌아온 나를 반기며 좋아했는데, 그런 아들을 보면서 '엄마 오니까 좋아? 나도 너처럼 우리 엄마랑 살고 싶구나.' 간절한 속마음을 혼자 속삭이기도 했다.

"엄마, 고마워. 찌개랑 밥 잘 먹었어. 역시 맛있더라."

"맛있었다니 내가 고맙네. 그런데 이제 나 너희 집 가면 안 되겠던데."

"응? 무슨 말이야?"

나는 심각해져서 물었다.

"오늘 준수가 유치원 차에서 내리더니 골이 났어."

"왜 무슨 일 있었대?"

"집에 들어와서는 할머니 왜 왔냐고, 오지 말라더라."

"준수가 할머니 좋아하는데 왜 그러지?"

나는 더 심각해졌다. 그러자 이내 엄마는 장난꾸러기처럼 웃었다.

"할머니 오면 엄마가 나가서 늦게 온다고 오지 말라는 거야. 그 녀석 우리 작전을 다 알고 있더라고. 하하."

엄마를 따라 나도 웃었다. 최대한 엄마의 빈자리를 느끼지 않게 하려고 애를 썼지만, 아이는 엄마의 빈자리를 정확하게 알고 있었다. 할머니가 오면 맛난 것도 해주고, 바쁜 엄마와 다르게 놀아주기도 했을 텐데. 아이는 그것이 엄마가 집을 비우기 위해 찾은 방법이란 걸 간파하고 있었던 거다. 아들은 자기 아빠처럼 말수가 많지 않은 편이었다. 그런데 '할머니 오지 마'란 그 말은 속에만 담고 있을 수 없었던 모양이다.

엄마는 곳곳에 있으니

우리에겐 많은 순간 엄마가 필요한데

부드러운 담요가 엄마가 될 수 있고

잔잔한 노래가 엄마가 될 수 있고

따뜻한 차 한 잔이 엄마가 될 수 있고

다정한 말 한마디가 엄마가 될 수 있고

꼭 잡아주는 손길이 엄마가 될 수 있다.

엄마를 너무 사랑하는 아이야.

엄마는 곳곳에 있으니

외로워 말고.

엄마는 곳곳에 있으니

너도 누군가의 엄마가 되어주렴.

못생긴 토기에 담긴
멋진 이야기

2005년은 용산 중앙박물관이 개관한 해다. 경복궁 옆 한자리를 차지했던 중앙박물관은 오랜 준비 끝에 용산에 근사한 모습으로 개관했다. 멋진 박물관이 생긴다는 건 두고두고 의미가 있는 일인데, 내게 개인적으로도 그 일은 의미가 컸다.

박물관에서는 개관 준비의 일환으로 새롭게 유물 소개

원고 작업을 진행했고, 나는 작가로 참여하게 되었다. 미술이나 민속학 전공자부터 작가, 기자, 편집자 출신까지 다양한 분야에서 일하는 이들로 작가 군단이 꾸려졌다. 이들에게 각각 작업할 전시실이 한 곳씩 배정되었다. 내가 맡은 곳은 구석기실에서 시작되는 선사시대의 유물 전시실이었다. 본격적인 글 작업에 앞서 담당 학예사를 만나 유물과 전시실을 안내받았다.

용산으로 이전하기 전의 광화문 중앙박물관에서 학예사를 만났다. 학예사는 동네 아저씨처럼 구수한 인상이었다. 낯선 분야라 바짝 긴장했던 나는 그의 인상을 보고 한층 마음이 편해졌던 기억이 있다. 나중에 다른 작가들에게 들어보니 미술관 학예사들은 미술 전공자들이라 예술가 특유의 예민함이 있는 편이라 함께 일할 때 때론 힘든 면도 있다. 반면에 고고학 전공자가 많은 구석기실, 신석기실 학예사들은 상대적으로 느긋하고 여유로운 편이라는 이야기가 나왔다. 우스갯소리로 고고학자들은 땅을 파고 다녀서 소탈하다고 했다. 아무튼 운 좋게 함께 일하기 좋은 학예사를 만난 것이다.

간단한 인사를 나누고 본격적으로 전시실을 둘러봤다. 학예사는 이런저런 설명을 하다가 '신석기 시대 토기는 이렇게 예쁜데, 청동기 시대 토기는 왜 크기도 일정치 않고 예쁜 모양도 아닐까요?'라고 물었다. 질문을 듣고 전시된 토기들을 바라보니 정말 그랬다. 시대가 지나며 기술이 발전했을 법한데 왜 석기에서 벗어나 금속 가공 기술까지 갖게 된 청동기 시대 토기의 모양은 되려 후퇴한 걸까? 나는 선뜻 답을 할 수 없었다.

"이 땐 너도나도 토기를 만들었을 거예요. 신석기 시대 토기는 소수의 장인들이 만들었는데, 토기 사용이 늘면서 청동기 시대에는 기술자만 만드는 것이 아니라 그릇이 필요한 일반 사람들이 저마다 토기를 만들어 쓴 거죠."

학예사의 그 설명은 내게 유물을 보는 새로운 시각을 주었다. 아니, 좀 거창하게 말하면 세상을 보는 방법을 배웠다. 눈앞에 보이는 현상에 머물지 않고 그 이면을 살피는 것 말이다. 그렇게 살피면 무엇이건 그 나름의 의미가 있었다. 그런 생각이 들자 유물들이 더 소중하게 느껴졌다. 유물마다 가진 이면의 이야기가 얼마나 다양하고 많겠나. 어디 유물뿐일까. 우리가 만나는 한 사람, 한 사람마다 우리가 보지 못한 이면에 그들이 살며 거쳐온 과정과 그 안의 사정들이 얼마나 복잡하겠나. 그것을 다 헤아리진 못하겠지만 잠시라도 더듬어본다면 무엇이건 함부로 할 수 없을 일이었다. 특히 아이를 키우면서 나는 다른 아이들을 볼 때 늘 그 아이의 부모를 생각한다. 아이에게 어떤 문제가 생기면 그 부모는 얼마나 마음 아프고 괴로울까. 그런 생각을 하면 귀한 아이들이 더 귀하게 느껴졌다.

갚아야 할 빚,
그 무게가 끄집어낸 용기

"I'd like to thank to my two boys who made me go out and work. So, beloved sons, this is the result because mommy works so hard. 저를 나가서 일하게 만든 제 두 아들에게 고맙군요. 얘들아, 이건 엄마가 열심히 일해 얻은 결실이야."

이건 윤여정 배우님이 2021년 미국에서 열린 아카데미 시상식에서 한 말이다. 우리는 그녀의 멋진 연기에 환호를 보내며 예술적 성취를 떠올렸지만, 정작 윤여정 배우는 수상 소감에서 자신이 먹고살기 위한 직업 연기인임을 우선 강조했다. 우리나라 최초의 아카데미 연기상을 받는 자리에서 말이다. 정말 그게 다였을까? 그건 아니었을 거다. 배우의 노력과 재능은 분명하다. 하지만 그것을 최대치로 끄집어낸 것은 자식을 키워야 한다는 생활 밀착형 절박함이었을 거다. 그러고 보면 세상에 나쁘기만 하고, 좋기만 한 일은 정말 없다. 자식을 키워내야 하는 힘든 상황이 결국 아카데미 연기상의 영광으로 이어졌으니 말이다. 아카데미 연기상과는 비교할 수 없지만 내게도 이와 비슷한 상황이 있었다.

"그동안 고마웠습니다."

기획사 작업실에 내 짐을 챙기러 가서 기획사 대표에게 인사를 했다.

"잡고 싶지만 본인에겐 필요한 일이니 어쩔 수 없네요."

그렇게 나는 처음 글 쓰는 일을 시작했던 기획사에서 나왔다. 사실 그간 기획사에서 독립하려는 고민을 여러 차례 했었다. 여름휴가를 가서도 남편과 막걸릿잔을 기울이며 내 이름을 걸고 기획사를 할 수 있을지 고민하고, 고민했었다. 남편은 용기를 주었지만 나는 자신이 없었다. 아이가 아직 어려서 출판사를 직접 상대하는 일까지 하기에는 벅찰 거 같았고, 누가 나에게 글을 맡길지 확신이 없으니 자신도 없었다. 그렇게 고민은 몇 해 동안 이어지기만 할 뿐 결론을 내리지 못하고 있었다. 그런데 나의 이런 고민을 깨끗하게 해결해주는 사건이 일어났다.

아이를 키우면서 나는 꼭 이루고 싶은 꿈이 있었다. 아이가 학교에 입학하기 전에 내 집을 갖는 거였다. 그건 이사로

인한 전학 걱정 없이 아이를 학교에 보내고 싶은 마음 때문이었다. 전학이 꼭 나쁜 것은 아니지만 어릴 적 난 신학기 스트레스가 극심했다. 친한 반 친구들과 이별을 받아들이는 것도 힘이 들었고, 새로운 선생님과 반 아이들을 만나야 하는 것은 낯설어서 두려웠다. 그래서 신학기에 언니가 교실까지 나를 데리고 가서 자리에 앉혀주고 간 일도 있었다. 유별난 기억 때문인지 미리부터 내 아이에게도 전학은 힘이 들 거라 여기고 있었다. 그래서 나는 남편의 만류에도 초등학교 가까운 곳에 있는 집을 계약했다. 나는 지금까지 내가 상상도 해보지 못했던 큰 빚을 졌다.

그런데 그즈음 내가 무서워했던 김 과장으로부터 연락이 왔다.

"선생님 안녕하세요? 잘 지내셨어요? 좀 뵐 수 있을까요?"

김 과장은 친절하게 나의 안부를 물었다. 김 과장은 다른 출판사로 직장을 옮겼다고 했다. 김 과장뿐 아니라 독서논술 잡지를 만들던 팀원 중 많은 사람이 다른 출판사로 스카우트되어 그곳에서 새로운 독서 관련 잡지를 만들고 있다는 것이다. 김 과장은 자신이 이직한 새로운 출판사로 오는 길을 일러주었다. 나는 김 과장의 설명대로 자유로를 타고 난생처음 파주 출판 단지에 갔다. '출판 도시'로 새롭게 만들어진 그곳에는 멋진 건물이 많았지만 당시에는 사람이 많지 않아 매우 조용했다. 난 건물을 찾기 위해 출판 단지초입에 있는 지도 앞에 차를 세우고 지도를 한참 보았는데 지금 생각하면 참 의미 없는 짓이었다. 출판 단지 초입의 안내 지도는 지도라기보다는 이곳이 출판 단지임을 알리는 현판처럼 너무 성글게 표시되어 있었기 때문이다.

"선생님, 잘 지내셨어요?"

출판사로 들어서니 예전 담당 편집자가 반갑게 나를 맞아줬다. 나도 너무 반가웠다. 김 과장 공포로 힘들어했던 초보 작가를 살린 편집자를 다시 만났으니 어찌 반갑지 않을까. 나는 편집자를 따라 회의실로 들어갔다. 예전 기억도 나고, 회의실 규모가 꽤 커서 다시 몸이 움츠러드는 기분이었다. 김 과장이 웃으며 회의실로 들어와 앉았다.

"이번에 새롭게 독서 잡지를 만들어요. 그때처럼 회원에게 제공되는 거예요. 선생님이 한 단계를 맡아주셨으며 해요. 그 당시 선생님이 일 다 하신 거 알아요. 이번에는 선생님이 팀을 꾸려서 저희 일을 맡아주시면 어떨까요?"

나는 꿈에도 생각하지 못했던 말을 김 과장에게 들었다.

'내가 한 일을 알고 있었다니, 그래서 새로운 일을 직접 맡아달라니.'

두려움과 환희가 교차하는 순간이었다. 하지만 덥석 그 일을 잡을 수는 없었다. 당시의 힘들었던 일들을 아직 다 잊지는 않았기 때문이다.

"그때 나 병 걸릴 거처럼 힘들었는데 잘할 수 있을까? 이번에 일을 덥석 맡았다가 내가 일을 그르치면 어쩌지?"

나의 고민은 깊었다. 내 깊은 고민에 남편이 한마디 했다.

"그 사람들이 바보냐. 네가 충분히 잘했으니까, 능력이 되니까 맡기는 거야. 할 수 있다고 생각하면 할 수 있어. 넌 할 수 있다고!"

내 남편은 '긍정의 신'이다. 모든 일을 긍정적으로 보고, 긍정적으로 보아야 한다고 늘 주장한다. 난 그게 말처럼 쉽지 않았다. 남편의 긍정적인 마인드는 그의 타고난 자존감에서 나온 것이라고 여겼고, 난 그런 자존감이 없는 건가 생각하기도 했다. 하지만 난 결국 남편의 말대로 그 일을 하기로 했다. 하지만 솔직히 고백하건대, 당시 내게 확신을 준 것은 남편의 긍정적인 응원이 아니라 갚아야 하는 빚이었다. 나는 다시 B와 D 사이의 인생에서 새로운 C를 잡았다. 그건 용기courage였다. 빚이 끄집어낸 용기!

우리는 그녀의 멋진 연기에 환호를 보내며
예술적 성취를 떠올렸지만
정작 윤여정 배우는 수상 소감에서
자신이 먹고살기 위한 직업 연기인임을 우선 강조했다.

#갚아야할빚그무게가끄집어낸용기

위로

아무것도 아니다. 아무것
도 아니다. 아무것도 아니
다. 아무것도 아니다. 아무것
도 아니다. 아무것도 아니다.
아무것도 아니다. 아무것도 아

니다. 아무것도 아니다. 아무것도
아니다. 아무것도 아니다. 아무것도
아니다. 아무것도 아니다. 아무것도 아
니다. 아무것도 아니다. 아무것도 아니다.
아무것도 아니다. 아무것도 아니다. 아무것
도 아니다. 아무것도 아니다. 아무것도 아니다. 아
무것도 아니다. 아무것도 아니다. 아무것도 아니다. 아
무것도 아니다. 아무것도 아니다. 아무것도 아니다. 아무것도
아니다. 아무것도 아니다. 아무것도 아니다. 아무것도 아니다. 아무것
도 아니다. 아무것도 아니다. 아무것도 아니다. 아무것도 아니다. 아무것도 아니
다. 아무것도 아니다. 아무것도 아니다. 아무것도 아니다. 아무것도 아니다. 아무것도 아니다.

그건 아무것도 아니다.
알잖니,
아무것도 아닌 거.

고마움은 행복의 원천이다.

고맙게 여기는 마음이나 느낌이 없으면 행복할 수 없다.

넘어질 기회를 갖는 것조차 고마워할 줄 알아야 한다.

아이를 키우고, 글을 쓰며 수없이 넘어지고 다시 일어났다.

그런 과정에서 자신감과 자부심도 자라났다.

짬밥이 쌓이고 마음이 단단하게 익어간다.

Part
/3

가을

:

익어가는 열매,
익어가는 마음

천재이길 바라진 않지만

    레오나르도 다빈치, 모차르트, 장영실, 아인슈타인, 빌 게이츠 등등. 시대를 대표하는 천재들이 있다. 천재들은 세상을 바꾸는 데 일조하는 경우가 많고, 사람들은 그들이 남긴 발자취의 혜택을 누린다. 이런 대단한 천재들이 과연 내 주위에도 있었을까? 있었다. 제법 많이.

    내가 천재를 가장 많이 본 때는 내 아이가 열 살 되기 이전이었다. 주변의 몇몇 부모들이 자기 아이를 천재라고 믿고, 그들 생각에 아이가 천재라 여겨지는 행동을 자랑하곤 했다. 빨리 걷는 것, 또렷하게 엄마라고 부르는 것, 정확하게 노란 색깔을 손으로 가리키는 것, 사과가 두 개인 걸 알아채는 것. 이 모든 것들이 부모들에겐 아이가 천재라는 증거였다. 그런데 내 아들은 그런 아이에 속하지 못했다.

"준수야, 엄마가 책 읽어줄게."

아양을 떨듯이 목소리까지 바꿔가며 다가앉으면 아이는 한 손으로 책을 휙 잡아서 치웠다. 그러면 종잇장이 찢어지기도 하고, 책이 서랍장 밑으로 쑥 들어가 버리기도 했다.

우리 아들은 뛰어놀기를 좋아했다. 어느 날 서고, 몇 발짝 떼기 시작하는가 싶더니 바로 뛰었다. 아기 때부터 활동적일 거라는 조짐은 있었다. 사촌 형들이 노는 모습을 보는 아기의 눈이 우유병을 볼 때보다 반짝였다. 역시나 자라서 뛰어놀기 시작하더니 또래와 어울려 놀 때면 밥도 안 먹고 놀았다. 한 아이가 밥 먹으러 가면 아직 안 간 아이랑 놀고, 밥 먹으러 가지 않았던 아이가 밥 먹으러 간다 하면 밥 다 먹고 나온 아이랑 놀았다. 그렇게 쉼 없이 놀다가 아들은 코피가 나곤 했다.

신나게 잘 놀아주니 고마운 일이었지만 아이가 커갈수록 공부에 대한 걱정이 생겼다. 직장에 다니던 작은 언니가 회사에서 동료와 이런저런 이야기를 하던 중에 조카가 아직 한글을 몰라 동생이 고민한다는 말을 했단다. 그때 동료가 보인 반응은 이랬다.

"어머, 외국에서 살다 왔나 보다."

여섯 살짜리가 한글을 모르는 것은 외국에서 온 경우가 아니면 설명될 수 없는 것이 현실이었다. 하긴 아들의 유치원 친구 중에는 앞서 말했던 천재들이 많이 있었다. 수 계산을 초등학생처럼 척척하고, 영어를 쓰고, 읽었다. 그런 아이들을 볼 때면 난 조바심에 속이 답답해지곤 했다. 그럴 때마다 긍정의 신인 남편이 나타나서 조바심을 눌러줬다.

"괜한 걱정 하지 마. 크면 달라져."

아이는 아이의 속도로 잘 크고 있는 거라는 남편의 말을 믿고 싶었고, 그래서 믿었다. 그리고 남편 말대로 더 크면 나아지리라 기대하며 그 시간을 견뎌야 했다. 그래도 실컷 뛰어놀다 들어온 아들의 웃는 얼굴을 보면 공부 근심이 잊힐 때가 더 많긴 했다.

두타頭陀*

결혼을 하고, 아이를 낳으며 걱정쟁이가 되었다.

하나부터 열까지, 처음부터 끝까지

모두 알아서 처리해야 하니 걱정이 사라질 틈이 없었다.

아무도 날 대신해 주지 않는다는 명백한 진실 앞에서

정신이 바짝 들고 긴장되었다.

하나부터 열까지 고민하기 시작했다.

언제나 최악의 상황을 두고 고민하고,

만약의 경우까지 대비하려 노력했다.

그렇게 해야 어른이 된다고 믿었다.

그렇지만 시간이 훌쩍 지나고 나니 마음이 지친다.

몸도 마음도 지쳤는데 걱정과 긴장은 여전하니

문득문득 주저앉게 된다.

난 어떻게 해야 할까?

* **두타頭陀**　속세의 번뇌를 버리고 청정하게 불도를 닦는 수행. 즉, 번민을 버리고 비우는 것.

빵점이니까
빵 하나 사 먹을까?

아이가 초등학교에 입학했다. 아이가 입학하는 순간 엄마들의 오전 시간은 사라진다. 유치원에 다닐 때는 그래도 오후까지 여유가 있었는데, 학교는 유치원보다 훨씬 빨리 끝나서 아이를 돌보는 시간이 늘어났다. 게다가 학교에서는 가끔 시험을 본다. 엄마들은 대학 입학도 취업 시험도 아닌 한낱 아이의 쪽지시험에도 신경을 곤두세웠다. 나도 다르지 않았다. 잘 키워내겠다는 나의 열망은 아이가 그 무엇도 허투루 하게 두지 않았다. 문제집을 사서 문제를 풀도록 하고, 받아쓰기 연습을 시키고, 저녁 시간이면 나름대로 아이와 함께 공부하는 시간을 가졌다.

"와, 너무 잘했어. 이 정도면 내일 백 점이다, 백 점!"

아이와 나는 뿌듯한 마음으로 잠자리에 들었다. 하지만 다음 날은 달랐다. 나는 백 점 시험지를 손꼽아 기다리며 아이를 맞았지만, 아이는 번번이 그보다 훨씬 낮은 점수를 받아왔다. 몇 번은 실망하는 빛을 감췄는데 어느 순간에는 화가 났다. 그러다가 결국 일이 터졌다.

"우리 애가 그러는데 준수가 이번에 수학 시험을 못 봤대요. 준수 엄마 너무 속상하겠어요."

같은 반 아이 엄마가 다른 엄마들에게 살뜰하게 내 걱정을 한다는 말이 들려왔다. 그 엄마의 걱정대로 준수의 시험 점수는 엉망진창이었고, 나는 속이 상했다. 무엇보다 준수의 시험 점수를 본 아이가 자기 엄마를 비롯해서 여기저기 말하고 다녔다는 것을 견딜 수 없었다. 밤에 잠이 오지 않았다. 내가 이러니 준수도 슬금슬금 내 눈치를 봤다. 그렇게 괴로운 시간을 보내다 나의 어릴 때가 떠올랐다.

초등학교에 처음 입학하여 첫 시험을 보았다. 다 푼 사람은 엎드려 있으라고 해서 엎드렸는데 나처럼 엎드리는 친구들이 별로 없었다. 좀 이상하다 싶었지만 그러려니 하고 말았다. 며칠 후 선생님께서 채점이 끝난 시험지를 나눠주셨다. 시험지 한 장에 사선으로 길게 줄이 그어져 있고, 그 위에 숫자 '0'이 딱 쓰여 있었다. 아무도 엎드리지 않는 것이 이상하더니, 모두 다섯 과목의 시험을 볼 때 나는 네 과목만 본 거다. 시험을 치르지 못한 한 과목은 빵점이었다. 내가 빵점을 맞은 거다. 어린 나이였지만 기가 막혔다. 난 그 시험지를 아빠에게만 보여주었다. 아빠는 웃지 않았다. 그리고 조금 후에 내게 동전을 주시며 말했다.

"이걸로 빵 사 먹어라."

자라면서 나는 그때 아빠의 '빵 사 먹으라'는 말을 내 멋대로 해석했다. 빵점을 맞은 나에게 별일 아니라며 위로해 준 것이라고 말이다. 지금 내게도 그런 마음이 필요했다.

"준수야, 엄마가 보기에 너는 학교에서 배워야 할 학습 내용을 충분히 알고 있어. 시험 점수는 좋지 않지만, 어차피 너는 2학년이 알아야 할 걸 다 알고 있으니까 상관없어. 넌 3학년이 될 자격이 있어!"

나는 판사가 판결을 내리듯이 아들에게 말했다. 그리고 아들이 받아온 부족한 시험 점수가 나를 겸손한 엄마가 되게 했다. 그건 아들도 마찬가지였을 거라고 생각한다.

"엄마는 빵점 맞은 애 마음부터 백 점 맞은 애 마음까지 다 알아. 그래서 빵점 맞은 애를 놀리는 짓은 하지 않지. 너한테도 시험 점수가 안 좋은 친구의 심정을 이해하는, 그런 맘이 생겼을 거야. 우리는 더 많은 사람을 이해할 수 있는 마음 천재가 된 거라고. 이건 아주 좋은 거야!"

그날 밤 우리 모자는 두 다리 쭉 뻗고 잠을 잤다.

자라면서 나는 그때 아빠의 '빵 사 먹으라'는 말을
내 멋대로 해석했다.
빵점을 맞은 나에게 별일 아니라며
위로해 준 것이라고 말이다.
이 순간 내게도 그런 마음이 필요했다.

#빵점이니까빵하나사먹을까

집중하자,
우리 행복한 순간에

어린아이를 돌보는 젊은 엄마를 보며

그 시절 나를 떠올렸다. 내 아이를 떠올렸다.

'더 행복하게 살았어도 괜찮았는데.

행복만 생각하며 살아도 괜찮았는데.'

아이가 어릴 때 나는 매우 불안했고, 조급했다.

아이를 가르쳐야 한다는 생각에

이것저것 알아보고, 찾아보느라 바빴다.

그러지 말고

순간 속 행복을 느껴보려 했다면 어땠을까?

그때를 생각하면 맘처럼 되지 않는 결과에

아이도 나도 힘들어했던 안타까운 기억이 많다.

지금, 지난날의 내 모습을 다시 본다

불안해하고, 조급해하고 있는.

사람이 쉽게 변할까?

그래도 지금은 안다.

나와 아이는 더 행복해도 된다는 것을.

행복을 누릴 수 있는 시간이 따로 있거나,

그 시간이 나를 기다려주는 것이 아니란걸.

그러니 우리, 지금 행복에 집중해 보자.

넘어질 기회

아들은 1월생이다. 아이가 초등학교에 입학할 당시에는 1월생, 2월생인 일곱 살짜리가 입학할 수 있었다. 우리 부부는 아이의 성장 속도가 빠르지 않다는 걸 알았지만, 몇 년 지나면 나아질 거라고 믿고 입학을 결정했다. 다만 아이가 또래보다 어리니 세심히 돌봐야겠다고 생각했다. 어릴 때는 몇 개월만 늦게 태어나도 앞서 태어난 아이와 성장 정도 차가 크고, 그만큼 손이 가는 일이 많다. 또래보다 아직 어린 아이가 학교를 다니게 되었으니 집에 있을 때보다 신경 써야 할 일이 훨씬 많았다. 그러면서 나는 내가 어떤 일이건 척척 도와주는 엄마라는 사실에 자부심을 느끼기도 했다. 하지만 그건 사실이 아니었다.

스케이트 장에 갔을 때의 일이다. 난 스케이트를 잘 타지 못한다. 걱정이 많은 성격 그대로 어릴 때부터 스케이트를 떠올리면 내가 얼음판에 넘어지고, 넘어져서 짚은 내 손 위로 스케이트가 지나가는 끔찍한 장면이 상상되어 좀처럼 탈 수 없었다. 하지만 자식 이기는 부모 없다고 아이가 원하니 스키도 함께 배우고, 스케이트 장에도 갔다.

한번은 아이를 스케이트 장에 들여보내고 밖에서 아이가 넘어지지 않을까 아슬아슬한 기분으로 바라보고 있었다. 우리 아이처럼 겨우겨우 얼음판을 지치는 아이가 꽤 있어서 그 아이들을 볼 때도 나는 맘을 졸였다. 그 사이로 아주

능숙하게 스케이트를 타는 아저씨가 딸을 붙잡고 스케이트를 타고 있었다. 그 아이도 우리 아이처럼 스케이트는 초보 같았는데 아이의 아빠가 손을 잡아줘서 한결 안정감 있어 보였다.

'나도 저 아저씨처럼 스케이트를 잘 타면 얼마나 좋을까. 그러면 나도 내 아이를 안전하게 도와줄 수 있을 텐데.'

아들은 고맙게도 자책하고 있는 엄마를 위안해 주는 것처럼 얼마 후 얼음판에 적응하여 혼자서 곧잘 스케이트를 탔다. 불안해 보이던 다른 아이들도 하나둘 우리 아들처럼 스케이트를 타고, 이제는 즐기는 모습이 보였다. 아이들이 빨리 배운다더니 정말 그렇구나 하고 있는데 다시 아저씨와 아저씨의 손을 잡은 아이가 보였다. 아저씨는 넘어지려는 딸아이를 다시 번쩍 들어 올려주었다. 넘어지려 할 때마다 들어 올려주니 아이의 발은 얼음판에 닿지 않고 살짝 떠 있는 순간이 많았다. 그 모습을 보는데 나는 가슴이 쿵 내려

앉았다.

'저건 아이를 진짜로 돕는 것이 아니구나!'

저 아이에게 넘어질 기회를 주었다면 지금쯤 그 아이도 다른 아이들처럼 스케이트를 혼자 탈 수 있었을 거다. 하지만 스케이트를 잘 타는 아저씨는 아이를 돌본다는 생각에 그 기회를 막고 있었다. 나도 저 아저씨처럼 아이를 대하고 있다는 생각이 들자 걱정이 밀려왔다. 무엇이든 척척해주는 만능 엄마라고 내심 자부했는데 내가 아이의 성장 기회를 뺏고 있는 것이었다.

그리스어 파르마콘Pharmakon은 '독'과 '약'이라는 뜻을 모두 가지고 있다. 어떻게 쓰이냐에 따라, 얼마나 쓰느냐에 따라 약은 독이 될 수 있고, 독도 약이 될 수 있기 때문이다. 약이라고만 생각했던 나의 파르마콘이 아이에게 독일 수도 있었다.

사랑하는 아이가 힘들고 괴로워하는 것은 부모로서 견

디기 힘든 일이지만 돌아보면 나는 괴롭고 힘든 일에서 성장했다. 아이에게 성공의 경험을 줘야 한다며 잘할 수 있게 돕곤 했는데, 아이도 결국에는 제 몫의 어려움을 겪을 수밖에 없다. 그리고 겪어야 온전히 자랄 수 있다. 부모가 아이에게 사랑을 주기만 하는 것은 어쩌면 가장 쉬운 일이란 생각이 들었다. 부모는 마냥 사랑을 주며 행복할 수 있다. 하지만 아이에게는 그것이 독이 될 수도 있으니, 사랑을 줄 때도 고민이 필요한 것이었다. 아, 부모 노릇은 정말 어렵다.

저 아이에게 넘어질 기회를 주었다면

지금쯤 그 아이도 다른 아이들처럼

스케이트를 혼자 탈 수 있었을 거다.

#넘어질기회

목을 가눈다는 것

목을 가눈다는 것이 얼마나 큰 의미인가.

인간이 스스로 목을 가눈다는 것은

뭔가를 응시할 수도, 외면할 수도 있다는 것이다.

아기는 백일이 되기 전 목을 가누곤 하는데

그때부터 우리는 판단하고 선택한다.

강렬한 내 의지를 온몸으로 드러낸다.

목을 가누는 순간

아기는 더 적극적으로 선택을 할 것이다.

그 시기는 아마도

한 인간의 중요한 변곡점이 될 것이다.

출산 예찬

나는 지금까지 집을 벗어나 나만의 작업실을 가져본 적이 없다. 기획사를 시작하고 한동안 작업실 겸 사무실을 마련할까 심각하게 고민했다. 하지만 같이 기획사 일을 하는 후배가 재택을 원했고, 내게도 아이를 돌보는 일의 비중이 커서 작업실 마련 계획은 접었다.

가끔 출판사 미팅처럼 밖에서 하는 일을 마치고 집에 돌아갈 때면 항상 마음이 급했다. 아이가 나를 기다리고 있다는 생각을 하면 한눈팔 새가 없는 것이다. 우연히 보게 된 예쁜 옷 가게에 들어가 즉흥적으로 쇼핑을 즐기는 건 완전히 예전 추억이 되었다.

'그런 때가 있었썼썼썼지.'

뭐 그렇게 된다. 생활이 이러다 보니 악몽도 자주 꿨다.

꿈속에 나는 집을 떠나 멀리 나와 있다. 그리고 어느 순간 아기가 혼자 집에 있다는 걸 알아챘다.

'아기를 혼자 두고 여기까지 와 있다니.'

난 나의 대책 없음을 자책하는데 그건 이미 아무 소용이 없다. 자책하는 시간도 줄여 어서 집에 가야 한다. 하지만 아무리 따져봐도 집까지 가는 데 필요한 물리적인 시간은 한참이다. 축지법 같은 마법이라도 쓰지 않는다면 아기는 혼자서 몇 시간을 있어야 하는 것이다. 그쯤이면 내 맘은 미칠 지경이 된다. 아기가 일어나 나를 찾겠다고 밖으로 혼자 나가면 어쩌지? 엄마가 없는 그 시간 동안 얼마나 무섭고 두려울까. 분명히 울음을 터트릴 거야, 아니 너무 많이 울면 토할 수도 있는데. 온갖 걱정이 차오르니 악몽도 그런 악몽이 없다. 결국 나는 이런 악몽을 예지몽처럼 받아들이고 집구석에 처박히기로 한 것이다.

"집에서 일하신다고요? 그거 정말 힘들 텐데요. 전 집에서는 집중이 잘 안되더라고요."

출판사 미팅 후 편집자들과 간단한 수다를 떨 때면 작업실이 어디냐는 질문도 종종 듣는다. 그럴 때 집에서 일을 한다고 하면 이런 반응들이 많이 나온다. 나는 아이가 어려서 어쩔 수 없었다고 말하고, 그러면 아이까지 돌보면서 일을 하려면 힘들겠다는 말을 듣는다. 맞는 말이다. 하지만 아이와 함께 하면서 내가 얻은 것에 비하면 그건 아무것도 아니다.

"아이는 부모의 사랑으로 자라고, 부모만 자식에게 사랑을 주는 것 같지요? 나도 그럴 줄 알았는데 아기를 낳아보니 아니에요. 아기를 낳으면 아기가 나에게 엄청난 사랑을 줘요. 아기는 언제나 나를 사랑스러운 눈으로 봐줘요. 나를 보고 웃어주고, 내가 하는 행동이나 말 하나하나를 보고 듣고 잊지 않아요. 나랑 있는 걸 늘 행복해하지요. 생각해 봐요. 누가 나한테 그렇게 하겠어요?"

나는 일종의 출산 예찬을 늘어놓는다. 편집자들은 그럴 수 있겠다며 고개를 끄덕여준다.

우리 몸에는 엔도르핀이라는 호르몬이 있다. 엔도르핀은 몸에서 나오는 마약이라고 불리는데 운동을 하거나 흥분 상태이거나, 매운 것을 먹을 때 우리 몸에서 나온다. 몸에서 나오는 마약답게 엔도르핀이 나오면 기분도 좋아지고, 고통도 줄어든다. 화날 때 매운 음식을 먹는 것은 매우 과학적인 행위인 셈이다.

엔도르핀은 임신이나 수유 중에도 나온다. 아기를 임신

하면 태반에서 엔도르핀이 분비되어 엄마의 영양분이 태아 쪽으로 가게 된다고 한다. 임신 중 엄마에겐 엔도르핀을 주고 영양분은 태아가 빼가는 것이다. 또 아기에게 젖을 물릴 때도 엄마 몸에서는 엔도르핀이 나온다. 이때도 엄마에게 엔도르핀을 주고, 아기는 영양 가득한 모유를 얻는 것이라고 한다. 태아 때부터 엄마 몸의 영양분을 얻어내기 위한 장치가 철저한 것인데, 이건 어디까지나 우리 몸의 신비일 뿐. 내가 아기로부터 받은 사랑은 절대적이고 순수했다.

아이는 부모의 사랑으로 자라고,

부모만 자식에게 사랑을 주는 것 같지요?

나도 그럴 줄 알았는데 아기를 낳아보니 아니에요.

아기를 낳으면 아기가 나에게 엄청난 사랑을 줘요.

아기는 언제나 나를 사랑스러운 눈으로 봐줘요.

#출산예찬

아이의 성장 단계에 맞춘 글쓰기

아이를 키우며 내가 아이로부터 받은 것은 넘치는 사랑 말고 실용적인 도움도 있다. 나의 글쓰기는 늘 아이와 함께 였다. 자라나는 아이에게 시기마다 필요한 글을 쓰고, 기 획을 했다. 아이와 함께 있으면 그 시기 아이에게 필요한 것 이 무엇인지 더 또렷하게 보인다. 그러다 보니 자연스럽게 아이의 성장에 맞춰 그림책에서 저학년 도서, 고학년 도서,

청소년 도서로 글과 기획이 옮겨갔다. 아이는 자라면서 온 몸으로 나에게 독자 맞춤형 글쓰기란 무엇인가를 제대로 알려준 셈이다.

공룡 책을 쓴 적이 있다. 난 사실 공룡에 관심이 없었다. 조잡해 보이는 공룡 모형에서 별 감흥을 받지 못했었다. 그러다가 아이가 길고 복잡한 공룡 이름을 줄줄 말할 정도로 공룡을 무척 좋아한다는 걸 알게 되었다. 아이를 통해 공룡에 대한 관심이 생기기 시작했고, 아이가 좋아하는 글을 쓰기 위해 뒤늦게 공룡 박사처럼 공룡 공부를 했다. 공룡 공부에 열을 올리자 마루에 누워 창밖 나무를 보는데 공룡이 나타나 나무 꼭대기 잎을 뜯어먹고 있을 것만 같았다. 그 상상이 너무 생생해서 어떤 날은 벌떡 일어나 창가에 매달려 밖을 내다보기도 했다. 있을 리가 없는데 그런 짓을 하고는 낄낄대며 공룡 책을 쓰기 시작했다. 아이는 내게 도움을 주겠다며 자기가 아는 공룡에 대한 내용을 종이에 한 가득 써서 주기도 했다. 결국 나는 자료 조사와 책 구성안을 짠 후 본격적인 글쓰기에 들어가 일주일 만에 원고를 모두 썼다. 이렇게 기록적으로 짧은 기간에 글을 완성할 수 있었던 것은 빨리 다음 이야기를 들려달라는 아이의 재촉 때문이었다. 아들이라는 최고의 독자가 지치지 않고 글을 쓸 수 있게 해준 것이다.

아이는 자라면서 온몸으로
나에게 독자 맞춤형 글쓰기란 무엇인가를
제대로 알려준 셈이다.

#아이의성장단계에맞춘글쓰기

아이들이 뽑은
인기 최고 어른

자기 이야기가 길어지고, 말을 많이 하다 보면 저절로 새어 나오는 것이 있다. 바로 자기 자랑이다. 잘난 척을 하는 것인데, '저 잘난 맛에 산다'는 말이 있는 것처럼 사람은 저마다 저 잘난 맛이 있게 마련이다. 내게도 그런 것이 있다.

난 아기들을 좋아한다. 어릴 때부터 그랬다. 우리 옆집에 살던 아저씨가 결혼을 해서 아기를 낳았는데 난 그 아기가 너무 예뻐서 자주 그 집에 놀러 갔다. 새댁 아줌마는 자주 찾아오는 나를 늘 반겼다. 나는 예쁜 아기를 봐서 좋았고, 아줌마는 내가 아기를 보는 동안 집안일을 편히 할 수 있어서 좋았다. 아기가 어릴 때는 누가 아기를 쳐다보고만 있어주어도 도움이 된다. 아기에게 일이 생기면 불러서 알려주면 되니까. 그런데 나는 아기를 살피는 것에 그치지 않고 굳이 등에 업으려고 했다. 지금도 아기가 싼 오줌에 등이 축축하고 따뜻해졌던 느낌이 기억난다.

아기와 아이들을 좋아하니 애들과 노는 것도 즐거웠다. 조카들이 생기면서는 조카들과 노는 시간이 내 생활의 일부분을 차지할 정도로 비중이 커졌다. 내겐 아이들과 놀 때 꼭 지키는 몇 가지 원칙들이 있다. 우선 나도 아이들처럼 노는 것이다. 아이들이 흥분할 때면 나도 그 수준에 맞춰 흥분하고, 화도 낸다. 그리고 신나는 일에는 아이들처럼 들뜨고 열광한다. 그러다 보면 난 아이들 못지않게 뛰어다니고, 땀을 내며 놀게 된다. 그래서 아이들과 놀 때 찍은 내 사진을 보면 상기된 표정과 우스꽝스러운 몸짓을 하고 있는 때가 많다. 그런 날 보며 언니는 '넌 정말 못 말린다'고 말하곤 했는데, 내가 그렇게 신나게 놀기만 하는 건 아니다. 어른이기 때문에 꼭 지키는 또 다른 원칙도 있다. 언제나 내가 아이를 돌보는 입장이란 걸 잊지 않는다는 거다. 걱정이 넘치는 성격 탓에 난 언제나 최악의 상황도 마음속에 그려놓고 일을 벌인다. 미리미리 위험을 차단하려 애쓰며 놀았다. 그래서 난 아이들과 즐겁고 안전하게 놀 수 있다는 자부심을 가지고 있다. 그런 노력의 결과였을까? 어느 날 내가 정말 자랑하고 싶은 영예로운 일이 생겼다.

명절날 저녁이었다. 온 가족이 모여 식사를 하고, 나의 제안으로 윷놀이를 하게 되었다. 아이들과 어른이 짝을 이뤄 시합을 하기로 했다. 부모와 자식이 짝을 맺으면 재미없다며 모두 섞여서 짝을 이루자고 했다. 아이들이 자신이 원하는 짝을 고르기로 했다. 그때였다. 조카들이 모두 나를 선택했다. 평소 파이팅 넘치게 게임에 임하는 나를 조카들이 눈여겨보고 있었던 것이다. 그 애들이 나를 인정한 것이었다. 아이들이 서로 자기가 작은 이모와 짝을 하고 싶다고 아우성쳤다. 조금 더 정확한 상황 설명을 덧붙이자면 조카들은 유치원부터 중학생까지 나이대가 다양했다. 난 모든 연령으로부터 지지를 받은 거다. 마음 같아서는 나랑 조카들이 모두 한 팀을 이뤄 언니와 형부들을 상대하고 싶었다. 하지만 안타깝게도 한 조카만 나와 짝이 되어 윷놀이에 나섰다. 조카에게 멋진 승리를 안겨주고 싶었는데, 세상사 뜻대로 되지 않는 법. 결과는 그렇지 못했다. 하지만 내겐 잊을 수 없는 윷놀이였다.

이런 일은 또 있었다. 아이가 유치원에 다니면서 어울려 노는 친구들이 생겼다. 아이들이 어울려 놀면서 자연히 아이 엄마들도 어울리게 되었다. 그러던 어느 날, 한 엄마가 내게 이런 이야기를 해주었다.

"우리 애한테 친구들 엄마 중에서 엄마를 고를 수 있다면 넌 누구 엄마가 좋겠냐고 물었더니, 우리 애가 준수 엄마래요."

그 이야기를 함께 들은 다른 엄마들도 자기 애가 나를 좋아한다고 말해줬다. 나는 황송한 기분이었다. 조카들의 선택에 이어 아들 친구들에게까지 선택을 받다니. 아무리 생각해도 아이들의 전폭적인(?) 선택을 받은 일이 너무 자랑스러웠다. 그래서 그 일이 두고두고 생각이 나고, 자꾸자꾸 자랑하고 싶어졌다. 내 인생 최고의 영예를 꼽으라고 한다면 아무래도 난 이 일을 말하게 될 거 같다.

난 아기들을 좋아한다. 어릴 때부터 그랬다.
우리 옆집에 살던 아저씨가 결혼을 해서 아기를 낳았는데
난 그 아기가 너무 예뻐서 자주 그 집에 놀러 갔다.
새댁 아줌마는 자주 찾아오는 나를 늘 반겼다.

#아이들이뽑은인기최고어른

주변에서 발견하는
생생한 글쓰기 소재

　작가로서 나를 소개하는 글에는 아들과 조카들, 동네 어린 친구들에 대한 언급이 가장 먼저 나온다. 이들이 나의 글쓰기에 원동력이 되기 때문이다. 친구 선배네 기획사를 통해 처음 글을 쓸 때는 주어진 기획안에 맞춰 글을 썼다. 기획 의도를 살려 재미있게 읽을 수 있는 매끄러운 글을 쓰는 것이 중요했다. 하지만 시간이 지날수록 이 책의 의미는 무엇인가에 대한 고민이 시작되었다. 아들과 조카, 동네 어린 친구들이 이 책을 통해 얻을 수 있는 것과 느낄 수 있는 것은 무엇일까? 그 아이들이 이 책을 좋아할까? 이런 고민들이 늘 따라다녔다. 난 그런 고민을 바탕으로 새로운 책들을 기획하기 시작했다.

"와, 이 기획 좋네."

기획사를 시작하며 함께 일하게 된 후배가 말했다. 후배는 편집자 생활을 오래 했었고, 이후 기획자와 작가로도 일했기 때문에 어떤 기획이나 글이 좋은 책이 될 수 있는가에 대한 안목이 있고, 치우치지 않은 평가를 해주었다. 그래서 나는 언제나 기획안을 이 후배에게 가장 먼저 보여줬다.

"이렇게 쓰면 읽는 사람은 재미있겠는데, 작가는 쓰기 힘들겠다."

"그럴까? 그런데 애들을 가만히 보니까 스포츠를 아주 좋아하더라고. 야구에서 희생 플라이나 희생 번트는 타자의 타석 수에 넣지 않아. 타자가 팀을 위해 플라이나 번트를 쳐서 아웃이 된 것이니까 희생 플라이나 희생 번트라고 부르고 타석 수에서 빼는 거지. 그렇게 해서 희생한 타자의 타율이 낮아지는 걸 막는 거야. 야구는 규칙부터 '희생'의 가치를 제대로 인정하고 있지. 이런 이야기를 통해 희생의 가치를 들려주면 흥미롭게 읽으면서 좋은 사람이 되려고 하지 않을까?"

내가 기획한 이유를 늘어놓으니 후배는 고개를 끄덕였다.

"역시 이번에도 아드님과 동네 꼬마들이 한몫을 했군. 이러니 내가 얼마나 불리해."

후배는 투정 비슷하게 말을 이었다.

"나 같은 싱글은 애가 없어서 이런 기획이 쉽게 떠오르지 않는다고. 주변에도 시집 안 간 친구들이 널려 있어서 애들을 만날 일이 없어. 그래서 내가 요즘 어떤 짓을 하는 줄 알아? 컴퓨터 앞에서 맘 카페에 가입하고 앉아 있어. 결혼도 안 한 내가 맘 카페가 웬 말이냐고."

후배는 맘 카페 회원이 되어 아이들과 엄마들의 고민이 무엇인지 살핀다고 했다. 내가 가까이에서 아들과 조카들, 동네 꼬마 친구들까지 만나는 걸 생각하면, 후배의 투덜거림은 충분히 이해가 되고도 남았다. 하지만 내가 지역구라면 후배는 전국구라고 할 수 있었다. 내가 내 주변에서 찾은 소재로 기획안을 만든다면 후배는 전국의 아이들과 엄마를 살펴서 기획안을 만드는 것이었다. 그래서 후배와의 협업은 늘 바람직했다.

지역구로 활동하는 것을 제대로 하기 위해서는 현장을 가보는 것만큼 좋은 일이 없다. 나의 첫 번째 현장은 아들과 조카들을 만날 수 있는 우리 집과 언니네 집이다. 태어나는 순간부터 보았던 아이들이니 나는 그 애들을 속속들이 안다고 자부했다. 하지만 아이들은 어른이 생각하는 것처럼 단순하지 않다. 비슷한 방식으로 키우거나 대해도 아이들은 저마다 뚜렷한 개성을 가진다. 나름의 판단 기준도 가지고 있다.

아들과 조카들의 성향은 크게 두 부류로 나뉘었다. 자기가 원하는 것을 갖은 노력과 방법을 동원하여 쟁취하고야 마는 아이가 있는가 하면, 양보하고 맞춰주면서 어울리는 아이가 있다. 원하는 걸 쟁취하는 아이는 그런 추진력으로 주변에 활력을 불어넣어 즐거움을 만들었고, 양보하는 아이는 상황을 부드럽게 하여 평화로운 분위기를 이끌어냈다. 난 개성이 다른 아이들이 보이는 순간순간의 감정 변화와 대응 방법을 살펴 글을 쓸 때 적용했다. 하지만 문제가 있었다. 가까이서 볼 수 있는 조카들이 모두 남자아이라는 거다. 나는 여자아이들의 모습이 너무 궁금했다.

현장을 확대하기 위해 찾는 곳은 동네 아이들이 뛰어노는 놀이터였다. 요즘 아이들은 친구를 만나기 위해 학원에 간다고 하는데 그래도 학원에 가기 전, 학원에서 돌아와 집에 들어가기 전 놀이터에서 노는 일이 많다. 어린아이들일수록 놀이터는 참새 방앗간처럼 그냥 지나치지 못하는데, 난 이곳에서 우리 집이나 언니 집에서는 만날 수 없는 여자아이들이 하는 말과 행동을 유심히 보았다. 얼마나 예쁘게 웃으며 말을 하는지. '딸 바보'라는 말이 단박에 이해가 되었다. 남자가 어떻고, 여자가 어떻고 하는 말이 금기어처럼 여겨지는 때지만 분명 여자아이에게서 느낄 수 있는 섬세한 감성이 따로 있었다.

이렇게 가까운 곳에 있는 아이들을 관찰하는 것만으로도 나는 글로 쓸 수 있는 소재를 떠올리거나, 글 속 배경이 되는 아이들의 세계를 섬세하게 들여다볼 수 있었다.

학교는 언제나 취재 현장

아이들을 관찰할 수 있는 현장은 학원과 학교로 이어진다. 나는 아이의 학교 행사에는 빠지지 않으려고 했다. 취재를 목적으로 학교에 가기 위해 일부러 시간과 기회를 만드는 것은 학교 선생님에게도 내게도 부담이 되는 일이다. 그래서 공식적으로 학교에 갈 수 있는 날은 꼭 학교에 가기로 마음먹었다. 학교에 가면 아이들은 물론, 학부모와 선생님, 수업 현장까지 살필 수 있어서 일석이조 아니 일석삼조나 사조의 현장 취재 효과가 있었다.

"내일이 공개 수업이네?"

"응, 엄마 올 거지?"

"그럼, 가야지. 학교에 가서 수업 듣는 거 얼마 만인지. 네 덕에 엄마가 학교에 가네."

사실 나는 어릴 때부터 학교에 가는 게 좋았다. 학교가 나를 사회로부터 지켜주는 울타리처럼 느껴졌다. 그래서 어른이 되어서도 학교에 다니는 학교 선생님을 부러워할 정도였다.

공개 수업은 아이들의 수업을 부모도 함께 듣는 날이다. 나는 수업을 잘 듣기 위해 교실 뒤편에 바른 자세로 자리를 잡았다. 아이들은 부모들이 지켜본다는 것에 긴장하는 모습이었지만, 부모가 지켜보고 있기 때문에 더 잘하려는 의욕도 보였다. 선생님이 질문을 하면 번쩍번쩍 손을 드는 아이들이 꽤 있었다. 아이들 속에서 내 아이가 어쩌고 있나부터 살피게 되는 것은 어쩔 수 없는 엄마의 마음이었다. 아들이 손을 들면 나도 손을 들고 이름이 불리기를 기다리는 맘이 되고, 손을 들지 않으면 질문이 어려운가 하고 한 번 더 따져보게 되었다. 그러다가 선생님의 질문에 아이들의 답 발표하기가 끝나면 그때부터 본격적인 취재 모드에 들어갔다.

교실에 앉아 있는 아이들의 자세는 아이들의 성격만큼 다양한 모습이었고, 그 아이들과 어딘가 닮은 학부모들의 모습도 흥미로웠다. 물론 나와 아들을 보고 다른 사람들도 그렇게 느꼈을 거다.

교실에서 느껴지는 수업 시간의 공기는 현장에 오지 않고는 절대로 알아채기 힘든 것이니 나는 잘 느끼고 기억해야 했다. 그리고 이때 잊지 않고 기억할 것은 내가 어릴 때와는 달라진 교육 환경과 요즘 사용하는 언어다. 몇 가지 이야기하자면 내가 어릴 때는 학생 수가 많아서 늘 책상을 앞에서 뒤로 나란히 두고 공부를 했다. 하지만 요즘에는 수업 내용에 따라 책상 배열을 다양하게 구성해놓는다. 모둠별로 책상을 마주 보게 두어 협업하게 하는 것이다. 또 이때 말하는 모둠이란 말도 우리 때는 없던 생소한 표현이다. 내가 학교에 다닐 때는 무리를 1조, 2조 이렇게 나누었는데 이것은 일제강점기에 사용하던 표현이라 지금은 모둠으로 바뀌었다. 별거 아닌 것 같지만 책을 쓸 때 실제 상황과 다른 표현을 써서는 안 되기 때문에 잘 기억해두었다가 글에 활용해야 한다.

현장 취재는 아이들의 생일 파티나 소규모로 이루어지는 나들이처럼 비정기적인 모임을 통해서도 가능했다. 나는 이런 모임도 빠지지 않았다.

"준수 엄마 시간 되겠어요?"

"그럼요, 우리 준수가 친구들이랑 노는 걸 얼마나 좋아하는데 빠지겠어요. 저는 미리 밤 좀 새서 일하고 가면 되니까 모여서 놀 일 있으면 꼭 알려주세요. 하하."

우리 모자에게는 뽀로로 마인드가 장착되어 있었다. '노는 게 제일 좋아!'는 내게도 아들에게도 중요한 모토였다. 그리고 난 그 속에서 흥미로운 캐릭터와 글감을 얻어서 또 좋았다.

교실에 앉아 있는 아이들의 자세는

아이들의 성격만큼 다양한 모습이었고,

그 아이들과 어딘가 닮은 학부모들의 모습도 흥미로웠다.

물론 나와 아들을 보고 다른 사람들도 그렇게 느꼈을 거다.

#학교는언제나취재현장

캐릭터로 다시 태어나는 아이들

1

안녕하세요, 저 찬진이에요.^^

다름이 아니라 책 너무 재미있게 읽었어요.

이렇게 좋은 책 주셔서 진짜 감사드립니다.

아침부터 반가운 문자가 왔다. 조카처럼 여기는 동네 친구 찬진이가 내게 처음으로 보낸 문자였다. 문자에는 내 책의 일부를 찍은 사진도 있었다. 감동이 쓰나미처럼 휘몰아

쳤던 사건이었다.

> 내 이름은 혹시, '나혹시'
>
> 서양식으로 하면 '혹시나'
>
> 나와 같은 생각을 하는 사람 혹시 있나요?
>
> 나와 같은 마음을 느낀 사람 혹시 있나요?
>
>
> '혹시' 하며 희망을 놓지 않고
>
> '혹시' 하며 꿈을 꾸는
>
> '혹시'라는 가능성의 존재

그리고 책 속 이 대사 완전 소름 돋았어요!

찬진아, 너무 고마워. 고마워서 눈물 나. ㅠㅠ

제가 감사하죠. 원래 책 읽는 거 싫어하는데….

진짜로 정말로 고마워.

　이모 책은 다 재밌는 것 같아요. 전 학교
　때문에 가보겠습니다~~

　책이 나오면 나의 첫 번째 독자는 주변의 내 어린 친구
들이다. 그들이 내 책의 주인공들이기 때문이다. 양보할 줄
모르는 아이를 보면 양보가 필요한 이유를 담은 글을 쓰고,
자기만 옳다고 친구에게 강요하는 아이를 보면 강요당하는
친구의 모습을 글에 담아 서로 소통하는 법을 깨닫게 하는
책을 만들었다. 내 책의 대부분이 그들을 위해 쓰인 것이
다. 이렇게 책의 탄생에 일조한 그들에게 방금 나온 따끈따
끈한 책을 선물하는 것은 당연한 일이었다. 그래서 출판사
와 계약할 때면 작가 증정본이 얼마나 되는지 꼼꼼하게 챙
겼다. 책을 받은 아이 중에는 가끔 자기의 이야기를 발견하
고 기뻐하는 아이들도 있었다. 아이는 좋은 선물을 받은 것

처럼 좋아했는데 사실은 내가 아이들로부터 받은 것이 더 많았다. 나는 그 아이들의 생김새와 성격, 독특했던 말이나 행동들, 심지어 이름까지 빌려 글 속 캐릭터를 만들었다.

캐릭터가 흥미로우면 글도 흥미로워지곤 한다. 언젠가 '마더*'라는 드라마를 본 적이 있는데 드라마 속 캐릭터가 너무 멋있어서 감탄했다. 드라마의 내용도 좋았지만 멋진 인물을 보는 것만으로도 기분 좋고 흥미로웠다. 어떻게 저렇게 멋진 캐릭터를 만들 수 있을까, 사람이 저렇게 멋있을 수 있나, 내 깜냥으로 생각해 내지 못했을 인물들이라고 생각했다. 그러면서 작가는 스스로 정말 좋은 사람, 멋진 사람이 되어야 한다는 생각을 했다. 내가 좋은 사람으로 살아야 내 글에서 저런 캐릭터가 나올 수 있을 테니까.

***마더** 2018년 tvN 방영한 여성의 모성을 모티브로 한 일본 원작의 서스펜스 드라마.

캐릭터로 다시 태어나는 아이들

2

글을 쓸 때 매력적인 캐릭터를 잘 설정하고 나면 그다음 어느 순간부터는 캐릭터가 알아서 글을 이끌어갈 때가 있다. 작가들은 때때로 캐릭터에 자신을 반영하는 경우가 있다. 사실 작가가 가장 자신 있게 글을 쓸 수 있을 때가 자기 이야기를 쓸 때이기도 해서다. 자신을 글 속 캐릭터에 투영하면 캐릭터가 겪는 일을 누구보다 잘 알기 때문에 생생하게 이야기를 끌어갈 수 있다. 하지만 이것에는 한계가 있다. 자기 경험만으로 모든 이야기를 쓸 수는 없기 때문이다. 그래서 현장 취재가 중요하다. 실제 현장에서 인물을 만나고 글을 쓰면 그 상황이 체화되어 글쓰기가 한결 편하고, 글도 좋아진다. 이것은 정보 글을 쓸 때도 마찬가지다. 내가 전달하고자 하는 내용을 충분히 숙지하고 나야 독자가 이해하기 쉽게 풀어서 쓸 수 있다. 어린이 책을 쓸 때는 내용을 이해하기 쉽게 쓰는 것이 특히 중요해서 공부하면서 정보를 완전히 내 것으로 소화하는 과정에 공을 들여야 한다.

아이들의 생일 파티에서 멋진 캐릭터를 발견한 적이 있다. 아이가 어릴 때는 아이의 생일 파티 때 엄마들까지 모이곤 한다. 하지만 고학년이 되면 아이들의 생일 파티는 아이들만 모이는 것으로 바뀐다. 그때도 아이들만 모여서 생일 파티를 하는 날이었는데 우리 아래층에 사는 아이의 생일 파티라서 나는 잠깐 들러 생일 축하를 하기로 했다. 그런데 그날의 파티는 서먹서먹한 분위기에 다들 조금 불편해 보였다. 일부 아이들이 맘에 맞지 않는 아이까지 파티에 온 것을 마뜩잖아했기 때문이다. 아이들이 은근히 그 애를 외면하는 것이 보였다. 언제 어떻게 이 일에 끼어들어야 하나 고민스럽게 보고 있는데 의외로 간단하게 일이 해결되었다. 생일 파티의 주인공이 나섰기 때문이다. 주인공 아이가 왕따 위기에 있는 아이의 손을 잡아끌고 함께 놀이에 나서자 나머지 아이들도 어쩌지를 못했다. 생일 파티를 연 아이는 그날의 주인공이 될 자격이 충분했다. 난 그 아이가 너무 멋있어 보였다. 그리고 아이들이 가진 현명함에 놀랐다. 사람은 쉽게 변하지 않는다고 하는데 좋은 사람은 아이 때부터 가진 좋은 품성이 있다. 그래서 나이를 먹었다고 다 어른이고, 모든 어른이 아이보다 낫다고 할 수가 없다. 아이는 아직 어려서 뭘 모른다고 할 일이 절대 아니라는 말이다.

흥미로운 캐릭터를 만난 일은 또 있다. 어느 날 언니가 기가 막힌다며 지난밤 이야기를 들려주었다.

"어젯밤에 네 조카가 뭘 했는지 아니?"

"왜 사춘기라고 뭔 말썽 부렸어?"

"밤에 우리 부부를 모아두고 프레젠테이션을 했어. 비싼 잠바 사달라고. 아주 PPT까지 준비했더라고."

나는 조카의 귀여운 발칙함에 박장대소했다.

"와, 정말 천재다, 천재!"

"내가 정말 못 살아. 결국 주말에 사러 가기로 했어."

나는 잘했다고 했다. 조카는 자신이 무엇을 원하는지 늘 또렷하게 알고 있었고, 그것을 찾아서 해내곤 했다. 난 늘 언니보다는 조카 편이었는데 이번 조카의 프레젠테이션 사건을 꼭 글로 써보고 싶다는 생각을 했다. 다행히 글로 쓸 기회가 생겨서 '등골 브레이커*'와 관련된 주제로 청소년 교

---

* **등골 브레이커** 아이들이 부모에게 유행하는 고가의 물건을 사 달라 졸라 부모의 허리가 휜다는 뜻의 신조어.

양서를 만들었다.

이렇게 나는 내가 만난 주변 아이들을 통해 책 속의 캐릭터를 만들었다. 한 아이가 하나의 캐릭터가 될 때도 있고, 여러 아이의 특징을 모아 하나의 캐릭터로 탄생시키기도 했다. 종종 글이 막힐 때는 실제 그 애라면 어떤 말을 했을까를 떠올렸다. 그래서 인물의 이름을 아예 그 아이 이름으로 하여 초고를 쓰고 나중에 바꾸거나 원래 이름과 비슷한 이름으로 지어 글을 썼다. 아이들은 내게 책 속 캐릭터는 물론 이름까지 내주는 고마운 존재다.

사람은 쉽게 변하지 않는다고 하는데
좋은 사람은 아이 때부터 가진 좋은 품성이 있다.
그래서 나이를 먹었다고 다 어른이고,
모든 어른이 아이보다 낫다고 할 수가 없다.

#캐릭터로다시태어나는아이들2

글쓰기 실력 레벨 업 하는 비법

　내가 쓴 책을 선물받고 기뻐하는 이는 아이뿐이 아니다. 아이보다 더 기뻐하는 이들이 아이 엄마들이다. 대부분의 엄마들은 아이들이 책을 읽을 때 행복하다. 아이에게 책에 담긴 감동과 지식이 전해질 것을 생각하면 짜릿한 기분마저 드는 것이다. 그래서 책을 기획할 때 중요하게 고려할 또 하나의 대상이 학부모다.

"교과서 내용과 연계하려면 이 부분을 추가하는 게 좋겠어요."

어린이 책을 만들 때마다 편집자들이 자주 하는 말이었다. 한때 나는 그냥 흥미롭고 재미있는 책을 만들면 안 될까 불만스러웠다. 책을 읽는다는 건 학교 성적을 올리는 것 같은 당장 눈앞의 이익 때문이 아니라고 생각했다. 책을 읽으며 생각이 자라고 감성이 풍부해지고, 지식이 늘다가 지혜로 옮겨가길 바랐고, 책을 읽는 건 마치 장을 익히는 것처럼 뭉근한 일이라고 생각했다. 그런데 매번 출판사에서는 교과서를 언급하며 수정을 요구했고, 그렇게 수정하다 보면 맨 처음 스토리의 자연스럽던 흐름이 깨질 때도 있었다. 하지만 이건 어디까지 내 아이가 학교 입학하기 전의 생각이었다. 막상 아이를 학교에 보내고 시험도 준비해야 하는 상황에 이르니 내 생각도 달라지기 시작했다. 나 대신 아이 공부를 도와줄 수 있는 것이 있었으면 좋겠다는 간절함이 생겼다.

'아이가 책을 읽는 것은 중요해. 그런데 책을 읽으며 학교 공부도 해결된다면 얼마나 좋을까?'

나는 책이 나의 고민을 덜어주길 바랐다. 그러자 내가 나서서 기획안에 교과 연계를 잡기 시작했다. 이걸 마다할 출판사도 학부모도 없는 듯 보였다.

어른이 되어 사회생활을 하며 만난 친구들은 흔히 사회 친구라고 부른다. 그런 식이라면 엄마가 되어 만난 친구들은 엄마 친구라고 할 수 있다. 엄마가 되니 내게도 이런 엄마 친구들이 생겼고, 이들과 학창 시절 친구들과 나눈 우정 못지않게 깊은 우정을 나누게 되었다. 엄마들의 사정은 같은 엄마들이 제일 잘 이해했기 때문이다.

"우리 애 곧 있으면 한자 급수 시험 봐."

"그래? 한자 공부도 열심히 시키는구나."

"한글 받아쓰기 끝나니까 영어 단어에, 한자 받아쓰기까지 하는 거지."

엄마들 사이에 한자 공부 열풍이 부는 것을 보니 한자에 대한 기획을 해야겠다는 생각이 강하게 들었다.

"볼 견(見) 자 말이야. 눈 목(目)에 발 달린 거 같지 않아? 눈에 발이 달려서 여기저기 보고 다니는 게 볼 견(見) 자라고 얘기하면 한자가 쉽고 재미있을 거야."

나는 함께 산책하던 동네 친구에게 내가 생각하던 한자 책 아이디어를 떠들었다. 그렇게 떠들다 보면 책을 만드는 게 더 재미있게 다가왔다.

'부끄러울 치(恥)를 보면 귀 이(耳)에 마음 심(心)이 어우러져 만들어졌는데 우리는 부끄러울 때 귀부터 빨개지니 부끄러움이란 귀가 빨개지는 마음이라고도 설명할 수 있겠군.'

한자에 대한 책들을 자료로 많이 읽다 보니 아이디어 정도였던 생각이 다듬어졌고, 기획이 구체화되었다. 이렇게

엄마 친구들의 아이 키우는 이야기가 내 기획의 시작점이
되기도 한다. 그러니 이들에게 내 책을 선물하는 일은 어쩌
면 당연했다. 그런데 그들은 늘 고마운 선물로 여겨주었다.

"어머, 고마워. 내가 사서 봐야 하는데."

"무슨 소리야, 당연히 내가 선물해야지."

그리고 그들은 내가 글을 쓰는 것을 신기해했다.

"뭐야, 날마다 우리랑 똑같이 장 보러 가고, 애들 쫓아다
니고, 수다 떨고 하더니 언제 글을 쓴 거야. 도대체 어떻게
글을 써?"

그럴 때 나는 이렇게 답했다.

"짬밥. 짬밥으로 써."

내가 알기로는 짬밥이라고 하면 군대에서 먹은 밥을 의
미한다. 집에서는 고슬고슬하게 밥을 짓지만 군대에서는 한
꺼번에 많은 밥을 해야 해서 밥을 찐다고 한다. 그래서 찐
군대 밥을 짬밥이라고 부르는데, 군 생활을 오래 하여 찐

밥을 많이 먹은 때가 되면 군 생활도 능숙해지니 이를 짬밥이 쌓였다고 하는 것이다. 국어사전에는 짬밥을 군대에서 먹는 밥 또는 먹다가 남은 밥인 잔반에서 변한 말이라 나오고, 요즘에는 짬에서 나오는 바이브vibe라고 하여 '짬바'라는 표현을 쓰기도 한다.

　나의 글쓰기도 시간이 지날수록 짬밥이 쌓여갔다. 그건 경중을 따지지 않고 다양한 글을 많이 썼기 때문이라 생각한다. 현실적으로 실력과 경력이 부족해서 겸손할 수밖에 없었지만, 겸손한 자세로 일에 임했더니 '뭐 나더러 이런 일을 하라고?' 같은 불만을 가질 일도 적었다. 나는 내게 맡겨진 일을 그저 열심히 했다. 그런데 그런 과정에서 쌓인 경험들이 결국 내게는 큰 자산이 되었다.

마음 다스리기 비법

　다양한 분야의 글을 쓰다 보니 글에 관한 경험치가 늘어

갔다. 그러자 어떤 일이 맡겨져도 '아, 전에 해본 일이랑 비

슷하네'라는 생각을 할 수 있게 되었다. 그리고 이런 경험치

는 기획을 하는 데도 도움이 되었다. 여러 분야를 접목하면

통합된 시각으로 색다른 기획을 할 수 있기 때문이다. 과학

과 요리를 묶고, 역사와 패션을 묶고, 언어와 역사를 묶고,

스포츠와 인성을 묶는 것처럼 말이다. 무엇보다 짬밥이 생겨서 좋은 것은 내가 나를 믿게 되었다는 거다.

생활이란 언제나 고비의 연속이다. 그 고비의 언덕이 야트막하냐 높냐의 차이가 있을 뿐 고비는 이어지게 마련이다. 글을 쓸 때도 그랬다. 이상하게 몸도 가볍고, 기분이 좋은 날이 있다.

"나 왜 이렇게 기분이 좋지? 이상하네."

"글이 잘 써졌나 보네."

나의 말에 남편이 이렇게 대답했다. 그게 맞았다. 내가 기분이 좋은 날은 내가 봐도 쉽고 재미있게 글이 잘 쓰인 날이었다. 하지만 늘 그럴 리가 없다. 어느 날은 히죽거렸지만, 바로 다음 날 글이 엉망이어서 죽상이 되기도 했다. 좋은 날과 나쁜 날의 수를 따져본다면 나쁜 날이 더 많았을 거다. 그리고 그 나쁜 날 중 자신감이 바닥을 쳐서 도저히 일을 끝낼 수 없을 거 같은 날도 꽤 되었다.

그런데 내겐 맨 처음 나 자신에게 했던 '마감은 꼭 지킨다!'는 다짐이 있었다. 난 그 다짐을 스스로 무너뜨리지 않았다. 그러자 절대 못할 듯 벅찼던 일도 늘 결국에는 끝이 났다. 마감이 닥치면 한밤중 요정이 와서 구두를 다 만들어놓고 간 것처럼 어느새 그 일이 거의 다 되어있곤 했다. 그런 날이 반복되면서 나는 나에게 말할 수 있었다.

'너무 걱정하지 마. 마감이 되기 전에 넌 이 일을 마칠 거야. 늘 그랬잖아. 너를 믿어!'

꾸준히 일해서 얻은 짬밥의 결과였다.

생활이란 언제나 고비의 연속이다.

그 고비의 언덕이 야트막하냐 높냐의 차이가 있을 뿐

고비는 이어지게 마련이다.

글을 쓸 때도 그랬다.

#짬밥2마음다스리기비법

맺고 끊기를 잘하지는 못해도

나를 미치게 하는 편집자가 있었다. 작가 생활 초창기에 김 과장처럼 무섭게 다그치는 편집자가 있었다면, 제법 경력이 쌓인 뒤 만나게 된 이 편집자는 완전히 다른 면에서 나를 미치고 팔짝 뛰게 했다. 글을 이상하게 바꿔놓기도 하고, 납득하기 어려운 수정 요구를 하기에 따져 물으면 '네 네, 작가님'을 반복하고, 이모티콘을 남발하여 나만 화를 내는 나쁜 사람처럼 보이게 했다.

　그 사람을 상대하면서 나는 그 사람과 함께 하는 일은 그
만해야겠구나 다짐하곤 했는데 붕어의 기억력인지, 그의
유한 태도 때문인지 반복하여 그와 일을 했다. 아마 가장
큰 이유는 돈벌이였겠지만.

　그 편집자와 나 사이에는 프로젝트를 이끌어가야 하는
대표가 있었다. 출판사 대표는 양쪽의 말을 모두 듣고 결국
하나를 선택해서 정리를 해줘야 했는데, 내 의견에 동의하
면서도 나보다 편집자에 휘둘릴 정도로 우유부단한 모습을
보였다. 십여 년 전 나는 그녀가 출판사 팀장으로 있을 때
처음 함께 일을 했다. 그때 나를 좋게 보았는지 그 후 독립
하여 출판사를 차렸다는 연락이 와 다시 함께 일을 하게 되
었다. 부드러운 목소리와 느릿한 말투를 가진 그녀와 대화
를 하다 보면 내 목소리와 몸짓이 너무 과한 거 아닌지 자
신을 점검하게 되었다. 그녀는 작가들의 반발에도 편집자

의 사정을 헤아려 어쩌지 못하고, 나와 손발이 맞지 않는 그 편집자를 다음 프로젝트에도 기용하곤 했다. 처음엔 그런 그녀가 답답하게 느껴지기도 했다. 하지만 나는 시간이 지날수록 그녀를 이해하게 되었고 심지어 그녀가 더 좋아졌다. 편집자의 사정을 헤아려 일을 주려고 애쓰는 모습이, 뭐 내가 그럴 입장은 아니지만, 마음에 들기 시작했다. 우유부단한 태도로 일관하는 대표가 답답하다 여겼지만 시간이 지날수록 그녀의 인간적인 면모를 이해할 수 있었다. 한편 그녀의 그런 면이 내게 편하고 긍정적인 기운을 주었기 때문이기도 했다.

그런데 생각해 보니 나도 그녀 못지않게 우유부단한 사람이었다. 어릴 때부터 나는 맺고 끊는 걸 참 어려워했다. 그래서 새로운 학기가 시작되는 것이 너무 힘들었다. 어른이 되어서는 내가 원해서 하는 이사인데 이사 가는 날이면 맘이 그렇게 우울할 수 없었다. 이사 간 첫날 낯선 집안에서 나는 괜히 눈물이 날 거 같았다. 그때 익숙한 소리가 들려왔다. 그건 냉장고 돌아가는 소리였다. 낯선 집에서 들리는 익숙한 소리. 나는 그 냉장고 소리에 위로를 받고, 마음을 가라앉혔다. 그래서 지금도 새벽이면 더 잘 들리는 냉장고 소리에 귀 기울일 때가 있다.

우유부단한 사람은 어떤 사람일까? 그 사람들은 우선 모진 소리를 잘 못한다. 모진 소리를 못한다는 건 모진 생각도 못 한다는 의미다. 그래서 그들은 벅찬 상대에게 이렇게 요구한다.

'나는 너와 달라. 그러니 제발 다른 걸 인정해 줘.'

그런데 다른 걸 인정하는 건 참 어려운 일이다. 다를 뿐 틀리지 않다고 표어처럼 말하곤 하지만 그게 쉽다면 세상에 시기, 질투, 다툼, 전쟁이 있을 리 없다. 그래서 우유부단한 사람들은 결국 비슷한 사람을 찾아간다. 다른 걸 인정해달라고 요구할 필요 없는 비슷하게 우유부단한 사람.

나는 그래서 그 출판사 대표를 이해하고 공감하게 된 거 같다.

우유부단함과 관련된 일이 또 있다. 나는 남편과 9년이라는 오랜 기간 연애 후에 결혼을 했다. 사람들은 그걸 신기해했다. 그리고 어떻게 그리 오래 사귈 수 있었냐고 물었다. 그때마다 나는 이렇게 답했다.

'간단해요. 우린 둘 다 우유부단한 성격이었어요. 누구도 이별을 결정하지 못했던 거죠.'

우유부단한 사람은 어떤 사람일까?

그 사람들은 우선 모진 소리를 잘 못한다.

모진 소리를 못한다는 건 모진 생각도 못 한다는 의미다.

그래서 그들은 벅찬 상대에게 이렇게 요구한다.

'나는 너와 달라. 그러니 제발 다른 걸 인정해 줘.'

#맺고끊기를잘하지는못해도

존버*의 위대함 .

스키를 타며 생각했다.

모든 것은 '존버*'였다.

버텨야 넘어지지 않고

버텨야 앞으로 나아갔다.

버티는 것, 버텨내는 것은 그 자체만으로

앞으로 나아가는 행위였다.

* **존버** 끈질기게 버틴다는 뜻의 속어

글 쓰는 시간 확보 작전

한동안 나는 밤 10시를 넘기지 않고 잠자리에 들었다. 그건 나만의 계산이 깔린 행동이었다.

"좀 출출하지 않아? 우리 뭐 좀 먹을까?"

"엄마, 이거 어떻게 해?"

저녁을 먹고 느긋하게 쉬는 시간이 되어도 남편과 아이는 내 주위에서 벗어나지 않았다. 같이 간식을 먹자고 하고,

뭘 같이 보자고 하고, 무언가를 물어보고, 또 무언가를 찾아달라고 하고. 그들이 나를 온전히 혼자 두는 때는 화장실에 갈 때뿐이었다. 물론 아이가 아기였을 때는 화장실에 가 있는 시간도 온전하지 못했지만 말이다.

그래서 나는 화장실에 있는 시간을 최대한 활용했다. 볼일 볼 때도 기획안을 짜기 위한 자료를 들고 들어갔고, 기획안 관련 일이 많을 때는 아예 욕조에 물을 받고 들어가 앉았다. 반신욕을 하며 아이디어를 짜면 그렇게 일이 잘 됐다. 간혹 시간 가는 줄 모르고 뜨거운 물속에 앉아 일을 하다가 쓰러져 죽을 거 같았던 때도 있었지만 말이다.

시간을 활용하기 위한 다른 방법은 일찍 자고 새벽에 일어나는 거다. 아이가 아주 어릴 때부터 일을 했던 탓에 새벽에 일어나 일하는 것이 익숙해진 건데, 나는 아이가 자라고 나서도 전략적으로 새벽 시간을 이용했다. 앞서 말한 것처럼 밤이 되어도 가족은 내 옆에서 떠나지 않아 혼자만의 시간을 갖기 어려웠다. 하지만 새벽은 달랐다. 새벽이면 그들은 누가 업어가도 모르게 잠에 빠져 있었다. 웬만해선 나를 찾는 일이 없었다. 그래서 나는 그들과 거꾸로 했다. 그들이 활발하게 활동하는 늦은 저녁 시간에 나는 잠을 자고 그들이 잠에 빠진 새벽에 돌아다녔다.

밤이 되어도 가족은 내 옆에서 떠나지 않아
혼자만의 시간을 갖기 어려웠다.
하지만 새벽은 달랐다.

#글쓰는시간확보작전

새벽,
고요한 나만의 시간

 새벽은 내게 많은 것을 주었다. 풀벌레 소리만 들리는 새벽은 일에 집중하기 좋아서 그날에 해야 할 일의 많은 양을 해낼 수 있었고, 내 속에 잊혔던 감성이 스멀스멀 올라와 몇 줄의 손글씨를 쓰기도 했고, 잊고 있던 음악을 찾아 듣기도 했고, 책장을 뒤적여 읽고 싶었던 책을 꺼내어 읽었다. 새벽은 내가 누릴 수 있는 가장 호사스럽고 여유로운 시간이었다. 여기에 더해지는 것이 커피다. 커피는 나의 솔soul 푸드다. 솔 푸드의 바른 영어 표현이 컴포트 푸드comfort food라고 하는데, 그 뜻 그대로 커피는 진정 내게 위안을 주는 존재다. 마음이 조급하거나, 불안해질 때 나는 더 정성을 들여 커피를 내린다. 매일 쓰던 머그컵을 두고 더 마음이 끌리는 컵을 찾아 꺼내서 커피를 내리기도 한다. 힘든 나를 더 적극적으로 위로하기 위한 일종의 의식이다. 커피의 은은한 향, 그 향과 함께 번지는 따뜻한 기운이 얼굴을 스치고 나면, 따뜻함이 입가에 닿는다. 달지 않지만 단 것보다 기분 좋은 씁쓸한 커피 맛. 그 맛이 입안 가득 퍼지면 나는 그제야 깊게 마신 숨을 천천히 길게 내쉰다. 몸속으로 흘러 들어간 커피와 심호흡이 몸속의 불안과 조급함을 내보내 주는 것 같다. 흔들리고 가쁘게 뛰던 심장 박동도 안정을 찾는 느낌이다.

새벽에 홀로 깨어 있어 본 사람은 알 거다. 새벽이란 시간은 이렇게 평화로우면서 동시에 무척 외롭다는걸. 모두 깊은 잠에 빠져 있고, 공기마저 바닥에 내려앉은 듯한 고요함은 세상에 나 혼자 있는 듯한 고독을 선명하게 한다. 거기에 날이 밝아오면 한순간에 새벽의 분위기가 사라진다. 냉정할 정도로 순식간에 달라지니 외로움이 더 짙어진다. 그 시간이 되면 알람이 울린 것처럼 고요했던 새벽의 감성에서 깨어나야 한다. 그건 식구들이 깨어날 때가 다 되었다는 것을 의미하기 때문이다. 새벽에 마시던 커피도 그때면 차게 식어 있다.

새벽에 홀로 깨어 있어 본 사람은 알 거다.

새벽이란 시간은

이렇게 평화로우면서

동시에 무척 외롭다는걸.

#새벽고요한나만의시간

잠 못 드는 시간

조급한 마음이 들면 잠을 잘 수가 없다.

잠을 자야 하는 것이 힘들게 느껴지고

너무 이른 새벽에 눈이 떠질 때면

난 내게 말을 건다.

너 뭐가 불안하니?

또 뭐가 걱정이니?

무엇엔가 쫓기는 조급한 마음을 짚어본다.

손톱만 한 작은 생각이었는데

한구석으로 처박아둔 마음이었는데

그것이 온몸을 깨우고,

머리를 헤집어 잠들지 못하게 한다.

마음을 조각 내면 나아질까.

마음은 어떻게 조각내는 걸까.

그게 가능하긴 한 걸까.

내 꿈 안에 내가 있는지 들여다봐야 한다.

내 걸음을 내가 이끌고 있는지 천천히 걸어봐야 한다.

내 목소리에 진짜 내 소리가 담겼는지 가만히 들어봐야 한다.

Part

4

겨울

:

찬바람에 끄떡없는
뿌리 깊은 나무

엄마라는 자격,
작가라는 자격

   자격의 사전적 의미는 '일정한 신분이나 지위'이고, 이 자격을 인정하여 주는 증서가 자격증이다. 자격증. 좀 더 풀어서 말하면 '어떤 분야에서 일정한 능력을 갖춘 사람에게 그 능력을 인정하며 주는 증명서'.

   나를 잘 모르는 사람에게 나의 어떤 능력을 설명하려면 자격증만큼 명확하고 쉽게 설명할 수 있는 것이 없을 거다. 그래서 많은 사람들이 자신을 증명하기 위해 자격증 시험공부에 매달리기도 한다. 사회에서 일할 기회를 얻으려면 자격증까지는 아니라도 일정한 자기 증명이 필요한 법이다. 요즘에는 나이 제한이나 학력 등을 드러내놓고 요구하지 않는 추세지만 결국에는 면접이나 시험을 통해 그 자격을 살핀다. 그리고 그 조건을 충족하지 못하면 일할 기회조차 얻기 어렵기도 하다. 그런데 나는 꽤 전문적이고 어려운 일을 자격증 없이 시작했다. 그 일은 '엄마'와 '작가'였다. 그래서일까, 이 두 가지 역할을 해내며 실로 전투적인 시간을 보내야 했다.

아이에게 부모란 절대적인 존재다. 어릴 적 나는 시험을 못 봐도, 심지어 대학에 떨어져서도 부모님의 괜찮다는 한마디에 큰 위로를 받았다. 부모가 되어 잠든 아이를 물끄러미 바라볼 때면, 나는 내 부모님만큼 절대적으로 믿고 따를 만한 부모가 되지 못한 것 같다는 자괴감이 들었다. 동시에 부모가 세상의 전부인 작고 여린 존재에 애잔함이 느껴졌다.

'내가 어설퍼서 또 아이에게 잘못을 했구나.'

혹여 울다가 잠든 아이를 바라볼 때면 나는 늦게까지 잠들지 못하며 반성을 했다. 부모라는 공부와 연습을 시도해보지도 않고 부모가 되었기 때문이다. 하긴 어느 부모가 태어날 때부터 부모였을까. 그래도 나는 어설픈 부모 노릇을 하다 실수를 했다고 생각될 때면 늘 자격에 대한 고민과 자책을 하곤 했다. 이렇게 부족한 부모라서 잠 못 드는 밤이 셀 수 없이 많았는데, 난 거기에 더해 작가라는 일도 그렇게 시작했다.

글을 내보이는 것은 발가벗겨진 것처럼 부끄러울 때가 많다. 내 마음속에 있던 생각을 글로 나타내어 생기는 부끄러움인데, 그 글들을 모아 한 권의 책을 내는 것은 일기장을 통째로 세상에 내놓는 것 같기도 하다. 게다가 나는 '이제

부터 나는 작가다. 스타트!'라고 말할 수 있는 명확한 시작점이 없었다. 친구에게 출판 기획사를 소개받아 긴 글, 짧은 글, 간단한 글, 복잡한 글 등 여러 종류의 글쓰기를 이어가다 오랜 시간이 지난 후에야 내가 원하는 글을 쓰게 되었고, 나의 책을 만들게 되었다. 흔히 출판계에서 말하는 작가 등단, 즉 출판 관련 상을 타고 '작가가 되었습니다!'라고 세상에 알리는 과정 같은 게 없었다. 그래선지 오랜 시간 '작가라는 자격증이 없다'는 불편한 마음이 있었다.

이런 내게 사람들은 종종 어떻게 작가가 되는 거냐며 작가 되는 방법을 물어온다. 아주 솔직하고 간단하게 말한다면 '어쩌다 보니 작가'라고 말할 수밖에 없다. 그래도 혹시 누군가에게 도움이 될 수 있다면 그 '어쩌다 보니'의 과정을 조금 구체적으로 들려줄 수는 있겠다.

제 직업은 작가입니다만

맨바닥에 헤딩하듯 글쓰기를 이어간 나의 경험에 비춰 결론부터 감히 말하자면, 작가가 되는 유일하고 독특한 방법 같은 건 없다. 나는 '그저', '꾸준히' 글을 쓰는 사람이 작가라고 생각한다. '그저'와 '꾸준히'라는 것이 쉽지 않은 게 문제라면 문제인데, 실제 우리 주변에는 글쓰기를 즐기는 사람이 꽤 많다. 그래서 인터넷 블로그나 다양한 소셜 미디어 속에서 수많은 글을 만날 수 있다. 꾸준히 글을 쓰고 다양한 매체를 통해 글을 발표하고 있는 그들이 내겐 모두 작가다. '쇼 미 더 머니*'라는 방송 프로그램을 즐겨 보는데, 래퍼가 자신의 생각을 글로 써서 플로를 타며 외치는 걸 볼 때도 나는 '작가네, 작가야!' 하며 감탄하곤 한다.

출판 편집자들은 이런 이들을 그냥 두지 않는다. 그들은 꾸준히 자신의 글을 쓰는 사람들을 찾아 작가가 되라고 부추긴다. 책을 내자고 하는 것이다. 편집자들이 하는 수많은 일 중에 하나가 작가 발굴이기도 하다. 아직 다듬어지지 않은 글이라도 가능성이 보이면 편집자들은 달려들어 원석을 다듬고 보석이 될 수 있도록 이끌어 멋진 책으로 만들어낸다. 좋은 작가가 탄생하는 것이다.

좋은 글과 작가를 찾는 것은 편집자만의 일이 아니다. 그

---

* Show Me the Money　국내 음악 전문 채널 엠넷에서 해마다 열리는 힙합 오디션 프로그램

건 출판사의 사활이 걸린 문제이기도 해서, 출판사 홈페이지에는 대부분 원고 투고란이 있다. 세상에는 이미 많은 책이 있지만 여전히 새로운 작가와 그들의 글이 필요한 것이다. 만약 써둔 글이 있다면 출판사에 보내어 책으로 낼 수 있을지 당당하게 물어보는 것도 작가가 되는 좋은 방법 중하나다.

지금도 나는 가끔 출판사에 원고 투고를 한다. 내 글이나 기획에 어울릴 거 같은 출판사가 있을 때면 문을 두드린다. 그리고 개인적으로 호감이 가는 출판사가 있다면 그곳에서 책을 만들어보고 싶어서 문을 두드리기도 한다. 하지만 성공 확률이 높지는 않다. 가장 큰 이유는 글이나 기획이 좋지 않아서일 텐데 꼭 그런 게 아니어도 다양한 이유로 거절을 당할 수 있다. 출판사도 회사이기 때문에 나름대로 출간 도서들의 방향이나 출간 일정 같은 사업 계획을 가지고 있다. 자신의 원고가 미리 짜인 이 계획에 맞지 않으면 출간의 기회를 얻기 힘들다. 좋은 기획일지라도 회사의 사업 방향과 맞지 않으면 거절당할 수 있다는 말이다. 또 나름 좋은 글이나 기획이라도 이것을 검토하는 편집자와 코드가 맞지 않으면 선택되지 않을 수 있다. 글이 좋고 나쁘다는 것과 별개로 출간을 결정하는 것에는 '누군가의 취향'이라는 요소가 반영될 수도 있다는 말이다. 혹여 편집자가 마음에 들어 해도 영업부에서 시장의 요구에 맞지 않는다고 반대하여 출간으로 이어지지 못하는 경우도 있다.

이렇게 거절당할 수 있는 다양한 이유가 있다고 해도 역시, 거절의 순간은 매번 괴롭다. 거절은 할 때도 힘들고, 당할 때도 힘들다. 거절을 당하고 나면 거북이처럼 목이 쏙 들어가 안으로 움츠러들게 된다. 자신감이 떨어지고 감정적으로 무너지는 것이다. 나는 멘탈이 약한 편이라 한동안 패배감에 싸여 우울해한다. 그러다 평소 나의 글과 기획에 조언을 아끼지 않는 후배에게 실패 사실을 털어놓는다.

"출판사에 보냈던 기획안 거절당했어. 내가 만든 게 별로인가 봐."

"어머, 왜? 그 출판사 실수했네. 그거 정말 좋던데."

후배는 함께 아쉬워하며 나를 위로해 주었다. 그런 일이 반복되면서 나는 후배에게 부탁했다.

"네가 출판사 사장이었으면 좋겠어. 너 출판사 하나 할 생각 없니?"

"하하하, 언니 뭐야."

후배를 따라 나도 낄낄대고 웃으며 또 한 번의 실패를 털어버렸다. 사실 나처럼 아무 자격증(?)이 없는 상황이라면 이 정도의 시도와 실패는 필요한 준비 과정이라고 여겨야 할 것이다. 그리고 다양한 거절 이유가 있으니 무조건 내 글이 나빠서 출간은 꿈도 못 꾼다고 포기하지 말고 계속 시도해 보는 거다.

글, 그림, 음악처럼 예술이라 불리는 창작물에는 '맞거나 틀리거나'가 아니라, '좋거나 싫거나'와 같은 기호가 지배하는 영역이 있다. 사람은 그 수만큼 다른 모습을 하고 있는 존재다. 그러니 저마다 좋고 싫은 것이 다를 수 있다. 그것을 잊고 너무 자주 또는 너무 심하게 자신의 글과 능력을 낮추어보며 몰아세우지 않아야 한다. 이건 거절을 당할 때마다 내가 스스로에게 들려주던 말이기도 한데 비겁한 변명이 아니라 분명한 사실이다. 작가가 되는 방법에서 가장 중요한 건 '꾸준히' 글을 쓰는 것이다. 그걸 잊지 말자.

게다가 요즘은 1인 미디어 시대라 불릴 만큼 스스로 창작한 글이나 영상을 스스로 세상에 알릴 수 있는 시대이니 얼마든지 방법을 찾아 도전해 보자. 자, 일단 자리에 앉아 컴퓨터를 켜고 세상에 접속해 보는 것부터 시작하자.

영감은
하늘에서 떨어지는 게 아니다

누군가의 한 마디에 꽂혔다는 건

그것이 내게 자극이 되었다는 것인데,

어쩌면 그건 내가 듣고 싶었던 것을

들은 것이라는 생각이 든다.

내 안에 계속 맴돌고 있었지만 확신이 없어 망설이던 것

그것을 상대로부터 듣고 비로소 확신하게 된 건 아닐까.

어쩌면 자극은 밖에서 오는 것이 아니라

안으로부터 나오는 것일 수 있겠다.

멍하니 있을 때 자극은 자극이 되지 못한다.

고민하고 있을 때,

생각에 몰두해 있을 때

들려오는 그 말들이 나를 움직일 수 있는 것이다.

그래서 생각의 끈을 놓지 말아야 한다.

정말 많다, 그러니
입맛대로 골라 도전하자

사람들은 보통 책을 낸 사람을 작가라고 부른다. 요즘엔 책을 내는 게 그리 어려운 일이 아니다. 조금만 관심을 갖고 찾아보면 책을 내는 방법을 알려주는 정보는 차고 넘친다. 예전에는 일반인이 텔레비전에 나오는 일이 흔치 않아, 텔레비전에 나왔다는 것이 그 사람의 명성을 증명하는 일이 되기도 했다. 그런데 지금은 다르다. 가장 쉽게 떠올릴 수 있는 개인 창작 미디어인 유튜브를 생각해 보자. 자기가 원하면 채널을 만들어 출연하면 된다. 스스로 방송 기획자이자 제작자이면서 출연자까지 될 수 있는 세상이다. 책도 마찬가지다.

스스로 책을 만들어 작가가 될 방법이 많다. 인터넷 검색을 해보면 작가 지망생을 위한 인터넷 카페와 강좌를 소개하는 내용이 넘치도록 많이 나온다. 그런 걸 한두 번 검색하면 그 이후부터는 소셜 미디어에서 귀신같이 나의 니즈를 알고 글쓰기 강좌와 모임을 마구 소개해 준다. 마법의 알고리즘을 따라가다 보면 매일 한 가지씩 주제를 주고 글을 쓰게 하여 한 달 후에는 그 글을 모아 책을 만들어주는 사이트도 있고, 글쓰기 무료 강좌를 여는 곳도 많다. 작가가 운영하는 펜션도 있어서 그곳에 머물면서 글을 쓰고, 펜션 주인인 작가로부터 글쓰기에 조언을 구할 수도 있다.

글쓰기에 도움이 되는 다양한 자료와 방법이 우리 주위

에는 아주 많다. 그런 것들을 활용하면 글을 보는 눈도 빨리 트이고, 다른 이의 글을 보거나 서로의 글을 봐주면서 글에 대한 생각을 더 확장하며 꾸준히 이어갈 수 있어서 좋다. 혼자 글을 쓰는 것은 자유로워서 좋다. 하지만 혼자서 뭔가를 꾸준히 하기는 어려운 측면이 있다. 그럴 때 다양한 작가 교실들 중 마음에 드는 작가 교실에 들어가면 선배, 동료들과 '으쌰 으쌰' 하면서 즐겁게 글쓰기를 이어갈 수 있어서 좋을 것이다.

작가 집단에서 글쓰기를 시작할 때 좋은 점은 또 있다. 출판사는 작가를 작가 교실 같은 곳에서 우선 찾기도 한다. 그래서 작가 교실 출신의 작가들이 많이 있다. 작가 교실이 작가 등용문이 되는 것이다.

나는 은근히 내성적인 편이라 이런 모임에는 차마 가지 못했다. 다만 글을 쓰며 알게 된 주변 작가들이나 편집자들과 적극적으로 소통하며 글쓰기에 도움을 받았다. 새로운 글을 시작할 때면 가까운 작가나 편집자에게 글에 대한 조언을 구하곤 한다. 그들이 재미있다, 좋다 하면 안심하고 출판사로 넘길 수 있는 것이다. 혼자 궁리하고, 글 쓰는 작업은 외로울 때가 많은데 같은 일을 하는 동료를 만들면 글쓰기가 한결 더 재미있어진다.

작가가 되는 방법으로 또 추천할 만한 것은 거의 해마다 열리는 다양한 공모전에 참가하는 것이다. 신춘문예처럼 언론사에서 주관하는 공모전 뿐만 아니라 크고 작은 다양한 출판사들이 주관하는 공모전들도 제법 많다. 공모전은 분야도 점점 세분화되고 다양해지는 추세라 자신이 원하는 분야를 찾아서 응모할 수 있다. 예를 들어 어린이 창작, 어린이 논픽션, 시 등으로 세분화되어 있기도 하고, 요즘은 '어른이 독자인 성장소설'이라는 독특한 분야의 공모전도 있는 걸 보았다. 작가 교실 사이트에 가면 공모전 정보를 쉽게 얻을 수 있다.

나도 순전히 내가 원하는 글을 써서 책을 내고 싶어 공모전에 도전한 일이 있다. 공모전을 준비하는 일은 힘들지만 짜릿하다. 우선 내가 원하는 것을 어떤 간섭 없이 마음대로 써 내려간다는 것이 좋고, 그 글이 당선되어 세상에 나올 것을 기대하고, 당선되어 상금을 받아서 주변 사람들에게 한턱 크게 쏘는 상상에 신이 난다. 게다가 어떤 출판사에서는 부상으로 유럽 여행을 보내주는데 낯선 사람들과 함께 여행을 잘할 수 있을지 김칫국 한 사발 마신 걱정을 하면서도 즐거운 여행을 상상하며 행복해질 수 있다. 그럼, 결과도 행복했을까?

한 출판사의 공모전 당선작이 발표되는 날이었다. 나도 응모를 했는데 점심시간이 다 되도록 사이트에 당선작이 올라오지 않았다. 기다리다 지쳐 출판사에 문의 전화를 했다.

"당선자는 어제 미리 전화로 연락을 드렸고요. 오늘 오후에 홈페이지에 발표가 날 겁니다."

"아, 예."

상상하고, 기대하고, 조바심까지 낸 것이 민망해지고 말았다. 하지만 공모전이 의미 있는 것은 공모전 응모를 위해 온전히 한 권의 책이 될 수 있는 글을 완성했다는 것이다. 이렇게 완성한 글은 당선작이 되지 못하더라도 공모전 주최 출판사에서 원고를 일부 수정해서 책으로 내자고 제안하는 경우가 있다. 나의 경우 공모전 출판사는 아니지만 다른 출판사에서 출간을 제안해와 책을 냈다. 완성된 원고는 한 권이었는데 이후 작업을 이어나가 총 두 권으로 꾸려 출간하였다.

공모전은 당선만이 의미 있는 것이 아니다. 공모전 준비를 하며 자신의 색깔을 찾을 수 있고, 글에 대한 고민을 더 깊이 하는 계기가 되기 때문이다. 나는 공모전을 준비하며 썼던 글들을 모두 온전한 나의 책으로 여기며 자랑스러워하고 있다.

매듭 같은 삶

삶은 매듭을 푸는 일 같다.

성급하게 하면 더 엉키는.

하나하나 순서대로 해야 한다.

쉽고 빠른 지름길이나, 지나쳐도 되는 길은 없다.

차근차근 푸는 순서를 찾고,

순서대로 하는 것이 중요하다.

이제 순서가 보이기 시작한다.

시행착오라는 여러 경험들이 내게 순서를 가르쳐 주었다.

매듭이 아무리 복잡하게 얽혀 있어도

억울해하거나 속상해 말자.

어차피 일은

그 순서를 다 마쳐야

끝이 난다.

조급해 말고, 하나씩 하나씩!

나 .

현실은 언제나 기대치를 밑돈다.

꿈꾸는 시간은 달콤했지만

실패는 흔했고,

행운은 희귀했다.

손에 쥔 모래처럼 스르륵 빠져나가다

우연처럼 잡히는

조그마한 성공.

모든 결과는

피한다고 피할 수 있는 것이 아니니

성공도 실패도

뒤집어서 한 번 더 볼까.

그래, '결과'는 '내'가 아니다.

어떤 일의 성공과 실패일 뿐

성공도 실패도

모두 스쳐 보내고

나로 꼿꼿이 선다.

잘 쓰는 걸 쓰면 돼

"어린이 책 글은 어떻게 써야 해요? 도통 감이 안 잡혀서."

친하게 지내던 기획자가 생각지도 못한 질문을 내게 했다. 나도 '어린이 책은 이렇게 써야 한다'고 특별히 배운 적이 없어서 뭐라고 말해야 할지 금방 떠오르지 않았다. 늘 글을 써왔으니 어린이를 위한 글쓰기는 자연스럽게 체화되었지만, 누군가에게 알려주기 위한 구체적 방법론을 생각해 보지는 않았기 때문이다. 그는 내가 사회에 나와서 만난 여러 사람 중 가장 어른다운 사람이라 나는 급한 일이 있을 때마다 그에게 전화해서 질문을 쏟고 답을 듣곤 했다. 그래서 이번에는 어떻게든 나도 도움을 주고 싶었다.

"음, 그럼 우선 쓰신 글을 저한테 보내주세요. 그 글을 제가 어린이들이 읽기 좋은 글로 바꿔서 알려드릴게요."

"그래 줄래요? 그럼 더 고맙지요. 출판사에서 하도 부탁해서 거절을 못 하고 쓴다고 하긴 했는데 어린이 책을 쓰려니 이거 너무 어렵네요."

세상에는 여러 종류의 작가가 있다. 소설가, 시인, 수필가, 각본가, 방송작가 등등 생각나는 대로 꼽아도 꽤 많다. 그런데 작가라고 해서 모든 장르의 글을 다 잘 쓰는 건 아니다. 그래서 이름부터 이렇게 구분이 되기도 할 텐데. 조금 더 들어가서 어린이 책 작가라고 해서 모든 종류의 어린이 책을 다 잘 쓰는 것은 아니다.

규모가 꽤 되는 시리즈의 글 작업을 할 때 일이다. 나의 주도하에 여러 작가가 함께 참여한 적이 있다. 출판사에서는 여러 작가의 글을 한꺼번에 받아 검토했는데, 유독 한 작가의 글이 마음에 들지 않는다며 퇴짜를 놓았다. 나는 중간에서 조율을 하여 글을 고치기로 했다. 내가 출판사의 요구 사항을 전하자 작가는 글을 고쳐야 한다는 것을 기분 나빠했다. 모두 어울려 일을 했기 때문에 자기만 글을 못 쓰나 싶은 생각을 했을 거다. 하지만 나는 그 작가가 얼마나 글을 잘 쓰는 사람인지 알고 있었다. 그래서 함께 일하기로 한 것이고, 그가 쓴 글을 보며 '나도 이렇게 써야겠구나' 느낀 적도 많았다. 다만 이번 일이 그 작가에게 조금 안 맞았다는 결론을 내렸다. 출판사에 글을 고치겠다고는 했지만 작가의 실력을 깎아내리지는 말라고 분명하게 말해두었고, 작가에게도 자신감 잃을 일이 아니라고 설명했다.

글은 자신의 생각을 담는 것이라 속이려고 해도 속일 수가 없는 것이다. 말처럼 하고 나면 흩어져 버려 내가 한 것이 아니라고 잡아뗄 방법도 없다. 글은 종이에 찍혀 영원히 남으니 무섭기도 한 것이다. 오죽하면 인류의 역사를 글로 기록된 때를 기점으로 선사시대와 역사시대로 구분할까. 그래서 글을 쓰는 일은 무척이나 두렵고 어려운 법인데 거기에 자신감까지 떨어지면 작가는 자신의 글을 세상에 내놓을 수가 없다. 나는 그때 일을 통해 작가라고 모든 글을 다 잘 쓰는 것이 아니라고 생각하게 되었다. 그냥 자신이 잘 쓰는 글을 더 열심히, 많이 쓰면 된다. 그러다 보면 좋은 작가가 되는 것이다. 못하는 것까지 잘하지 못한다고 자책하며 미리 포기할 필요가 없다. 나는 이렇게 글쓰기의 동력을 하나 더 장착했다.

메일함에는 어린이 책 원고를 처음 쓰게 된 그 기획자의 검토 요청 글이 와있었다. 나는 '그래 이건 내가 더 잘 쓰는 글이지. 그러니 열심히 봐주자.'라는 생각으로 메일을 열었다.

어린이 책은 내가 전문가라는 생각을 하자 글을 봐주는 일은 한결 편해졌다.

"제가 메일로 고친 글을 보냈어요. 보셨어요?"

"예, 한결 좋던걸요. 이렇게 실제 예를 보여주니 어떻게 써야 할지 조금 알겠어요."

"그런가요? 다행이네요. 아이들은 집중력이 아직 부족하니까 중간중간에 한 번씩 물어봐 주세요. 지구에 얼마나 많은 사람들이 살고 있는지 아나요? 뭐 이렇게 물어보고 나서 지구에 사는 사람의 수와 규모 같은 것을 설명하는 거예요. 그러면 뭘 설명하고 있는지 좀 더 뚜렷해지고, 궁금증이 생기면 글을 계속 읽고 싶은 흥미도 생기지요. 그리고 길게 설명이 이어졌다면 한 번쯤 설명한 내용을 간단하게 정리도 해주세요. 그래야 중간에 읽기를 포기하지 않고 쭉 읽게 될 거예요. 이해하기 쉽게 예를 들어가며 설명해 주시면 더 재미있게 읽을 수 있을 거고요."

"그렇군요. 그래서 그런가 경선 씨가 고친 글에서는 다정함이 느껴지네요."

"제가 원래 좀 친절하잖아요. 친절한 경선 씨라고. 히히."

내게 어린이 책의 글 쓰는 방법을 물었던 기획자는 이후 무사히 글을 마치고 처음으로 어린이 책을 출간했다. 워낙 글을 잘 쓰는 분이라 내가 얼마나 도움이 되었을까마는 작가마다 다른 재주가 있다는 건 분명했다.

글을 팝니다

회의를 위해 출판사에 가는 날이었다. 출판사 앞에 도착했는데 선뜻 들어가는 게 내키지 않았다. 회의 시간보다 일찍 도착하기도 했지만, 현재 내 모습이 어딘지 불편했다.

'나, 왜 여기 이러고 있는 걸까?'

무거운 마음이 내게 이렇게 묻고 있었다.

작가와 기획자로서 경험이 쌓이면서 일면식도 없던 출판

사에서 연락이 오는 경우가 늘었다. 하지만 출판사에서 먼저 연락을 했다고 해서 일이 바로 성사되는 건 아니다. 회의 과정에서 구체적인 논의를 하고, 나의 가치를 충분히 보여주지 못하면 결론적으로 일은 성사되지 않는다. 출판사 입구에 선 나는 '나'를 팔아야 하는 부담감을 느끼고 있었던 거다.

작가는 자영업자이면서 프리랜서다. 자영업자처럼 자신의 글쓰기를 스스로 결정하고 운영해야 한다. 원활한 글쓰기를 위해서는 어느 순간 영업력도 필요하다. 그리고 프리랜서로서 조직의 일원은 아니지만 일원처럼 일해야 한다. 하지만 출간 계약서를 쓸 때면 출판사와 나는 항상 '갑'과 '을' 또는 '을'과 '갑'으로 구분된다. 우리는 계약 관계이지 한솥밥을 먹는 동지까지는 아닌 거다. 물론 동지의 마음으로 함께 책을 열심히 만들지만 원고 작업의 결과물에 대해서 서로 입장 차이가 있을 수밖에 없다.

그래서 작가의 일은 외롭다. 나를 영업하고, 출판사 직원처럼 책 만드는 일에 나서지만 결국 글 쓰는 일은 오롯이 혼자 해야 한다. 그런데 써나가는 글에는 모범 답안이 따로 없어서 약간의 불안함이 늘 따라다닌다. 정답이 없다 보니, 완벽한 끝도 없는 셈이다. 그래서 글쓰기는 수정의 연속이다. 글을 잘 쓰는 것은 결국 글을 열심히 고치는 일이라고도 할 수 있다. 하지만 어느 정도 수정이 이루어졌다면 오늘 고친 글이 어제 쓴 글보다 꼭 좋다고 할 수도 없다. 그래서 가끔은 밑 빠진 독에 물을 붓는 느낌이 들기도 한다.

그래서 글쓰기는 수정의 연속어다.
글을 잘 쓰는 것은 결국
글을 열심히 고치는 일이라고도 할 수 있다.

#글을팝니다

예술,
마음을 움직이는 위대함

인간에게는 감정이 있고, 그 감정을 표현하고 싶은 욕구가 있다. 그런 욕구는 사람마다 다양한 형태로 나타나고, 그것이 제대로 충족되지 않을 때 속병이 난다. 그래서 어떤 원시인은 간절한 소망을 담아 동굴 벽에 그림을 그린 것이다. 인간의 생존에는 자신을 표현하는 글, 그림, 노래, 춤 같은 예술이 늘 필요했다.

나는 예술가들을 늘 경외해왔다. 사람의 마음은 말랑한 듯하지만 의외로 완고한 것이기도 하다. 많은 사람들이 자기 마음 하나 어쩌지 못해 괴롭고, 고통스러워하는 것 아닌가. 그러니 다른 이의 마음을 움직인다는 것은 더욱더 쉬운 일이 아니다. 그런데 예술은 사람의 마음을 자연스럽게 움직인다. 예술로 위로받고 생각지 못한 것을 깨달아 생각을 바꾸기도 한다. 예술이 그 어려운 걸 해내는 거다. 그러니 예술가들은 얼마나 대단한가. 사람들은 예술가의 작품을 통해 예술가가 가리키는 저 너머의 알지 못했던 세상 또는 익숙하지만 깨닫지 못했던 세상을 보게 된다. 예술가들이 예술을 통해 세상과 사람을 변화시키는 거다.

나는 맘이 힘들어지면 음악을 듣고, 책을 찾아 읽는다. 실패에 따르는 고통이 느껴질 때 듣는 음악은 적재의 '다시'다. '다시 또 한 번 이렇게 끝났어'라는 노래 가사가 나를 자책하는듯싶다가도 이렇게 끝났으니 이제 잊고 다시 다른 걸 시작하자며 실패의 끝을 매듭 지워줬다. 그리고 가슴이 답답해서 찬 바람을 맞고 걸을 때면 하현상의 'Dawn'을 들었다. 맑고 깨끗한 목소리가 몸에 신선한 공기를 넣어주는 것 같고, 절규하듯 이어지는 음악 소리는 나의 답답함을 대변해 주는 것 같았다.

음악으로 다독인 마음에 더 깊은 대화를 이어가고 싶을 때는 책 속 친구와 어른을 찾아갔다. 생물학적 나이로 따지자면 세상에 어른이 참 많은데 속을 들여다보면 진짜 어른이 아닌 이들이 많다. 어른이 되지 못한 나의 감정과 생각 속에서 진짜 어른이 간절한 날이 있다. 그런 날이면 어른에게 나의 부족함을 털어놓고 길을 묻고 싶다. 이때 책은 당장 찾아가 만날 수 있는 친구이자 어른이 되어주었다. 길을 찾지 못하고, 길이 보이지 않아 힘이 들 때는 길을 가르쳐 주기도 했다. 책은 내게 도피처이자 안식처였다.

맨 처음 작가라는 일에 엄두를 내지 못한 것도 책이 내게 그런 존재였기 때문이었다. 내가 뭐라고 누군가의 안식처가 되나. 주제넘은 일이라고 생각했다. 그러다 어느 순간 작가란 직업은 내게 세상을 향해 말할 수 있는 소중한 기회를 주는 것으로 여기기로 했다. 내게 온 귀한 기회를 허투루 보내지 말아야겠다 다짐했다. 그러니 기회가 주어지면 정성을 다해 글을 쓰는 것이다. 나는 책 속에 어린이에 대한 존중을 담으려 했고, 책으로 나 같은 부모를 위로하고 싶었다. 그것을 내 몫의 일로 여기니 글쓰기에 대한 불안은 한결 줄어들었다. 그리고 나중에는 솔직히 이런 생각도 했다.

'내 책을 누가 얼마나 읽는다고 이런 걱정까지 하니, 네가 처음 생각한 대로 밀어붙여!'

예술은 사람의 마음을 자연스럽게 움직인다.

예술로 위로받고 생각지 못한 것을 깨달아

생각을 바꾸기도 한다.

예술이 그 어려운 걸 해내는 거다.

#예술마음을움직이는위대함

잊지 마, 기억해

하고 싶을 때 하고 싶은 걸 하는 거.

나를 위해 맛있는 음식을 만들거나 사는 거.

그것을 적당한 때 먹는 거.

거울 :

나를 멋져 보이게 꾸미는 거.

재미있는 책이나 영화를 고르는 거.

일에 빠져 있을 때에도

가끔 나를 쉬게 하는 거.

나에게 나를 위한 약속을 하는 거.

나를 칭찬하는 말을 되뇌는 거.

속상한 일을 글로라도 털어놓게 하는 거.

내 취향을 기억하고, 찾는 거.

나를 자식처럼 바라보는 거.

나를 부모처럼 바라보는 거.

나를 친구처럼 바라보는 거.

나를 애인처럼 바라보는 거.

나를 귀여운 강아지처럼 바라보는 거.

매일은 아니더라도

내가 나를 부를 때

나를 봐줘.

내가 울고 있을 때

혼자 **터벅터벅** 걷고 있을 때

세상의 소리를 피해 **달아날 때**

불을 켜지 않을 때

거울로도 나를 보지 않을 때

나를 봐줘.

'행복하자, 아프지 말고'

그 노래 가사처럼

나도 그러고 싶어.

어른을 찾아

어른스럽다는 것은 뭘까요?

난 아이에게 어른스러웠을까요?

아이가 우리 부부의 싸움을 보고

어른스럽지 못하다 여길까 부끄러웠던 적이 있습니다.

흔히 생각하는 어른스럽다는 말의 의미.

그건 사람에 대한 이해와 너그러움이 아닐까요.

참기 힘든 것을 참아내고,

먼저 양보할 줄 알고 배려하는 사람이 어른이겠지요.

단편적인 생각에 머물지 않고

여러 면을 살필 줄 알고 생각의 깊이를 가진 사람.

그저 나이를 먹는다고 어른이 되는 건 아닌 것 같습니다.

 난 가끔 아이에게 어른스럽지 못한 모습을 보이고

한없이 부끄러워합니다.

그래서 어른은 아이들에게 비밀이 많을지 모릅니다.

나는 이 순간 나의 어른을 만나고 싶습니다.

어른의 품에 안겨 울고, 위로받고 싶습니다.

어른이 들려주는 지혜로운 말에 귀 기울이고

내 걱정과 불안, 불만의 해결 방법을 찾고 싶습니다.

난 어른을 간절히 원합니다.

나의 전성시대

아들이 엄마는 언제가 전성기였냐고 물었다.

나의 전성기?

잠깐 고민했다.

그리고 '중 2 때'라고 답했다.

왜 그때가 전성기냐고 묻는다.

난 '그때 가장 두려움이 없었다'고 답했다.

중 2의 나는 세상 모든 것이 우스웠다.

지금도 겁이 많은 내가 세상을 우스워했다니

생각만 해도 짜릿하다.

당시 나는 어른들이 무섭지 않았다.

선생님도 부모님도 다 유치하게만 보였다.

이렇게 말하면 '아 사춘기였구나' 할 거다.

맞다, 나는 그때 사춘기였던 거 같다.

수업을 듣고 있어도 선생님이 하는 말들이 우스웠다.

사람이 어찌 저리 유치할까 속으로 비웃기도 한 거 같다.

그리고 그런 유치한 사람들을 보고 싶지 않아서

고개를 푹 꺾고 땅만 보고 걸어 다녔다.

욕 좀 할 줄 알게 된 나이

새해가 시작될 즈음 나는 지키고 싶은 한 가지 목표를 정하곤 한다. 다른 사람들의 요구에 맞추느라 이리저리 치이고, 지친 날들을 보내고 나서는 '내 위주로 살기'를 목표로 삼았다. 그런 목표까지 세우고도 그리 살지 못한 이듬해에는 나를 위한 삶을 물질적으로 풀어서 '기막히게 이쁜 것 갖기'를 목표로 삼았다. 이런 목표를 정할 정도로 난 내 삶의 리셋을 갈망했고, 언젠가부터 답답한 마음에 간혹 입에서 욕이 나오기도 했다. 고운 말, 바른말을 써야 한다고 생각하면서도 욕 한마디로 정리되는 쌈박한 그 순간을 매력적으로 여기게 되었다.

그런데 난 아이를 키우는 엄마이자 글을 쓰는 작가다. 그러니 욕하는 엄마 모습은 아이에겐 보이지 말아야 할 짓이었다. 그래서 욕처럼 보이지 않게 몇 가지 욕의 발음을 내 마음대로 부드럽게 혹은 귀엽게 바꾸었다. '시쁘르', '요 생끼' 뭐 이런 식으로. 하지만 귀요미 버전으로 바꾸지 못하는 한 가지 욕이 있다. 그건 '지랄'이다. 지랄을 지랄이라고 하는 것은 어린 대장금이 '감 맛이 나서 감 맛이 난 것'이라고 한 것과 같은 이치다. 글 쓰는 작가로서도 이건 어쩔 수 없다고 생각하며 쓴다. 상황을 정확하게 설명하는 데 꼭 필요한 표현이라면 욕이라도 써야 하는 것이다.

게다가 '지랄'은 전통적인 욕이면서 발음은 한껏 힙해서

찰떡같은 표현이 될 때가 많다. 그래서 가끔 나만의 사자성어로도 만들어 쓴다. 기껏 생각해서 줬더니 불만을 늘어놓을 때, 혹은 가까운 가족이나 친구들 사이에 이것저것 챙기고 나눌 때 그냥 받아주면 좋은데 뭐 하러 이런 걸 준비했냐며 한사코 사양해서 주면서도 애를 써야 할 때면 나는 이 상황을 사자성어로 표현한다.

"이야말로 '줘도지랄'이군."

인생 고고하게 살고 싶지만 복잡한 세상은 때때로 내 입을 험하게 만든다. 무심결에 욕이 튀어나올 만큼 말이다. 그래서 결국 어느 해에는 한 해 목표를 '욕하지 말자'로 정했다. 목표를 다이어리 첫 장에 쓰고 나니 뭔가 어릴 적 일기장에 쓴 제목 같았다. 누가 어린이 책 작가 아니랄까 봐 이러냐고 할 것 같았는데, 나의 목표를 본 언니의 반응은 정반대였다.

"어른이 지키기 참 어려운 목표를 잡았구나. 어린 시절에야 우리가 욕하고 거칠게 말해야 할 대상이 누가 있었겠니. 친구에게 그랬겠어, 세상을 알아서 그랬겠어. 그저 뛰어놀며 살았는데."

맞다, 그래서 내가 늘 어린 시절을 동경하고, 어린이를 좋아하는 거였다. 나이를 먹으니 사람들의 아닌 척 숨기고 있는 못된 심보가 뻔히 보였고, 그러다 보니 세상에나 사람에게 화나는 일이 많아졌다. 번번이 나랑 엇나가는 세상에도 화가 나 말이 거칠어졌다.

그런데 내 뜻대로만 돌아가는 세상이 있을까? 어차피 내 바람과 엇나가기 일쑤인 것이 인생이라면 굳이 맞추려 애쓰지 말고 내가 처한 현실에서, 지금 내가 할 수 있는 일을 하는 게 맞을 거 같다. 그래도 나한테만 너무 세상이 심한 거 같을 땐 '시뜨르!' 욕 한마디 내뱉을 수 있는 거지 뭐.

Another day of sun

　오래전부터 아니 어쩌면 평생을 꿈꿔 왔던 거 같은 여행을 나섰다. 그건 엄마와 우리 자매들의 여행이었다. 엄마는 평생을 가족에 둘러싸여 사신 분이다. 엄마를 가운데 두고 둘러싼 가족이 엄마의 보호막이 되었다는 것이 아니라, 엄마를 가운데 두고 우리가 모두 엄마에게 손을 내미는 모습이었다. 남편, 시어머니, 아들, 딸, 그리고 아들과 딸들에게

딸린 손주들이 모두 엄마를 둘러싸고 있었다. 그래서 엄마를 생각하면 늘 애틋한 마음이 든다. 그런데 우스운 건 정도의 차이가 있을 뿐 결혼을 한 우리 자매들의 모습도 엄마와 아주 다르지는 않다는 거다. 엄마와 아내라는 자리를 맡게 되면 온전히 혼자인 때가 없는 것이다. 그래서 우리는 늘 우리만의 여행을 꿈꿨다. 그리고 드디어 엄마의 생일을 맞아 여행에 나섰다.

"오늘 점심은 뭐로 먹을까? 대게, 순두부, 한정식… 여러 가지 생각해뒀으니 골라봐."

호기롭게 물었는데 누구도 선뜻 답을 못했다. 나이를 먹으면서 아주 먹고 싶거나, 이걸 꼭 먹고 말겠다는 마음 같은 게 줄어들었다. 그래서 어르신들이 젊은 사람들에게 맛있을 때 많이 먹으라고 하는 거였다. 행복은 미뤄둔다고 적립 포인트처럼 쌓이고 원할 때 한꺼번에 쓸 수 있는 그런 것이 아니었다. 그러다가 큰언니가 작정한 듯이 말했다.

"우리 대게 먹자. 나 여행 오면 그거 먹고 싶었어."

"그래, 좋아. 그건 내가 살게."

큰언니의 결정에 작은 언니가 흔쾌히 골든벨을 울렸다. 우리의 여행 첫 끼가 정해졌다. 그 행복감에 차 안이 왁자지껄해졌는데 갑자기 전화벨이 울렸다. 내게 온 전화였다. 모두 하던 말을 멈춰 조용히 해줬고, 모르는 번호라 나도 조심스럽게 전화를 받았다.

"김경선 작가님 핸드폰인가요?"

"예, 제가 김경선인데요."

"안녕하세요, 여기 K 대학인데요. 강연을 부탁드리려고 전화드렸습니다."

전화를 한 사람은 K 대학 경영 대학원의 조교였다. 조교는 강연에 대한 간단한 설명을 해주었다. 나는 운전 중이라 강연 여부를 조금만 생각해 보고 전화 주겠다 하고 전화를 끊었다. 그리고 다음 휴게소에서 차를 세웠다. 머릿속이 복잡했다. 사실 그동안 여러 차례 강연 제의가 있었다. 하지만 처음 글쓰기를 망설였던 것처럼 내가 무슨 강연인가 하는 생각으로 단칼에 거절해왔다. 그러다가 남편이나 동생이 강연에 불려 다니는 것을 보고 '나도 강연을 해볼까'라는 생각을 조금 하고 있었다. 무엇보다 여러 강연을 들어보니 강연이란 것이 결국 내 입장에서 한 가지라도 얻은 것이 있다면 만족스러웠기 때문이다. 강연이 아무리 훌륭해도 강연 하나를 듣고 내가 송두리째 바뀔 리 없다. 그런 생각을 하니 강연의 무게가 한결 가벼워졌다. 한편 새로운 일에 도전해 보고 싶기도 했다.

아기 업고 시작했던 일이 아이가 자란 시간만큼 이어졌다. 일한 햇수로 경력을 쳐준다면 나는 꽤 경력이 쌓인 작가가 되었다. 나의 경력이 늘어나는 것처럼 나와 함께 일했던 작가들과 편집자들도 베테랑이 되었다. 그래서 어떤 편집자는 장하게도 출판사 대표가 되어 나타났다. 하지만 출판사를 떠나 제2의 직업을 찾은 이들도 늘어났다. 어떤 편집자는 카페 사장이 되었고, 또 다른 이는 학교 도서관 사서가 되기도 했다. 우리는 모두 알고 있었다. 시간이 지나면 내가 차지했던 자리를 내어주거나 조금 물러나 뒤에 서야 한다는 걸 말이다. 언젠가 내가 처음 일했던 기획사의 대표에게 대표 친구가 하는 말을 들은 적이 있다.

"너는 이제 편집자들과 소통하기에 나이가 너무 많아. 그러니까 지금부터라도 출판사 쪽 편집자와 소통할 수 있는 젊은 기획자를 키워야 해."

출판사에서 실무를 보는 편집자들은 젊은 층이 많다. 그들은 자기 팀장보다 나이가 많은 이와 소통하는 것이 부담스러울 수 있다. 그래서 나도 새로운 일, '글쓰기 대신 말하기'에 도전해 봐야겠다 결심했다.

"안녕하세요, 조금 전에 통화했던 김경선인데요. 강연하겠습니다. 자세한 내용은 메일로 보내주시면 좋겠습니다."

휴게소에서 나는 과감하게 강연을 결정했다. 엄마, 언니들과의 뜻깊은 여행에서 나의 새로운 출발점이 정해졌다. 나는 여행 내내 배 터지게 먹고, 그것을 에너지로 강연에 나서리라 생각했다.

쉰 즈음에

청춘을 지나며 '서른 즈음에'가 큰 화두였다면 시간이 훌쩍 지난 최근에는 '쉰 즈음에'를 고민한다. 쉰은 백을 반절로 접어놓은 수다. 나는 나이도 반절로 접힌 김에 이때 꼬꾸라지는 것이 어떨까 생각해 보았다. 건강도, 능력도, 미모도(?) 예전 같지 않은 나이에 이르렀으니 더 겸손해지자고 생각했다. 그런데 언제나 현실은 마음이 쫓아가기에 벅찬 거 같다.

정기적으로 치과에 다니고 있는데 이참에 해결하고 싶은 것이 있었다. 바로 이 사이에 음식물이 끼는 문제다. 음식이 끼는 것은 여간 불쾌한 일이 아니다. 엉덩이 골로 몰린 속옷을 당장 정리하고 싶은 것처럼 답답하다.

"선생님 여기 이 사이에 늘 음식이 끼는데 해결 방법이 없을까요?"

의사 선생님은 내 이를 요리조리 살폈다.

"음, 보통 여기에 음식이 잘 끼어요."

의사 선생님은 나를 이해한다는 표정을 짓더니 나처럼 불편을 호소하는 사람이 많다며 설명을 이었다.

"어릴 때는 이 사이가 더 벌어져 있었는데도 음식물이 끼지 않지요. 이쑤시개 찾는 아이는 없잖아요."

"맞아요, 애들 이는 사이가 우리보다 큰데."

정말 이상한 일이었다. 아이들 이는 듬성듬성해 보일 정도로 사이가 벌어져 있는 경우가 많지 않은가. 그러자 의사 선생님은 팔 한쪽을 벌려 다른 손으로 살짝 때려 보았다. 팔뚝 살이 위아래로 흔들렸다.

"이 사이에 음식물이 끼면 아이들의 잇몸은 탄력이 있어서 이렇게 튕겨내요."

잇몸의 탄력 이야기 나오자 나는 단번에 이해가 되었다.

'피부 탄력, 콜라겐, 주름, 물광…'

얼굴을 보며 하던 이야기들이 잇몸에도 해당되었다. 왜 그렇지 않겠는가. 몸의 일부분만 탄력이 떨어질 리 없었다. 나이를 먹으면 잇몸 탄력이 떨어져 이 사이 음식물을 튕겨내지 못하는 것이었다. 내 표정에 이해와 동시에 절망이 나타났던 걸까. 의사 선생님은 치과 의사들도 같이 만나 식사하면 음식 먹고 죄다 이쑤시개 찾는다며 웃었다. 나는 이 사이에 음식물 끼는 문제를 해결하려다 그냥 이해만 하고 치과를 나섰다. 겸손한 마음으로 물러서서 젊은이들을 응원하는 마음을 갖자고 생각했는데 치과에서 접한 나의 현실은 '어쩔 수 없음'이었다. 겸손함이 무색해지는 순간이었다.

쉰 즈음에 나를 돌아보며 가장 두려워한 것은 '내가 아는 것이 다인 줄 알고 산 거 아닐까?'였다. 적지 않은 나이에 짧지 않은 시간을 살았지만 살면 살수록, 생각하면 할수록 부족함이 느껴진다. 그때마다 나는 이런저런 글을 썼다. 그런데 돌아보니 그 글들은 모두 나를 위한 것이었다. 글을 통해 나는 나를 위로하고 달랬으며 부족하다 못났다 탓했던 나 자신을 허용했다. 작가로서 글을 쓸 때도 그랬다. 일을 시작하기에 앞서 간단한 메모를 할 때가 있는데 메모한 글을 읽으면 글을 시작하기가 한결 편했다. 짧은 몇 줄의 글이 긴 글을 시작하는 것에 부담을 덜어주는 것이다. 어쩌면 모두 알고 있지만, 힘든 순간에 잘 떠오르지 않는 생각을 메모지에 쓰인 글이 꺼내주는 것이다. 이 에세이를 시작할 때는 특히 이 방법이 쓸모 있었다.

'생각나는 것을 생각날 때마다 쓴다.'

'담담하게, 담백하게 쓰자.'

'거창할 게 없는 것이 당연하다.'

'전하고자 하는 한 문장이 있게 쓰자.'

'쓰고 싶은 것을 쓰고, 쓰기 싫은 것은 말고.'

'단편의 글들을 모으고 나중에 구성한다. 구성은 글을 다 모으고 해도 된다.'

글쓰기를 망설이는 나를 메모지에 쓰인 몇 문장이 다독이고 바로잡아줬다. 나의 고민을 가장 잘 알고 있는 이가 나 자신이니, 내가 쓴 메모는 나의 고민을 제대로 덜어주었을 거다. 그리고 이제 나는 그 글의 막바지에 와 있다.

내게 글쓰기는 무엇이었을까?

글을 쓰고, 아이를 키우면서 내게 생긴 버릇이 있다. 어떤 문제를 발견하거나 의문이 생기면 관련 배경과 상황, 관련 인물들의 심리를 두루 살펴 돌보는 것이다. 아기가 울 때면 엄마들은 기저귀를 살피거나, 우유를 먹이거나, 편하게 안아주거나, 머리를 짚어보는 것부터 한다. 아기의 상황을 살펴서 돌봐주는 것이고, 아기의 등을 토닥이고 귓가에 가만히 노래를 불러주는 것은 아기의 심리를 다독이는 거다. 글을 쓸 때도 마찬가지다. 가슴속에 넘쳐나는 감정을 글로 쏟아내다 보면 어느새 내가 왜 이런 감정인지 알게 되고, 이 감정에서 벗어나거나 더 깊이 들어가 차분히 들여다볼 수 있게 된다. 글을 쓸 때 글 속 캐릭터의 말과 행동에 충분한 이유가 있어야 하기 때문에 배경을 만들어 뒷받침해 준다. 그러면서 나는 한 사람의 행동 패턴이 어디에서 기인한 것인지 생각하기 시작하고, 그것을 나에게도 적용하여 나의 성격과 행동이 왜 이렇게 된 건지 고민했다. 그런 분석이 이뤄지니 결과로 나타나는 구체적인 행동들을 좀 더 잘 이해하게 되었다. 글쓰기는 나를 나답게 만들어주는 것이었다.

글쓰기를 통해 나는 더 깊은 생각의 시간을 가질 수 있었음에 감사한다. 그리고 그 경험을 다시 글로 나눌 수 있는 지금 이 기회가 무척이나 소중하다. 누군가 나의 글을 보고 미소 짓고 있다면 나도 그 글을 쓸 때 행복했다고 말하고 싶다.

글을 통해 나는 나를 위로하고 달랬으며

부족하다 못났다 탓했던 나 자신을 허용했다.

#에필로그

한순간 바람이 불어 일어난 불길처럼 열이 오르곤 한다.

화끈거림과 답답함이 힘겨워 단추를 풀어 젖혀본다.

그러고 나면 다시 불길이 잡힌 듯 한기가 느껴진다.

이마에 맺힌 송글한 땀이 식어 한기는 더하다.

조금 나눌 수 있다면, 조금 섞을 수 있다면 좋으련만

태어나 처음 느껴보는 낯섦.

쉽게 가실 거 같지 않은 두려움.

사는 게 이런 거려니 하는 체념.

'갱년기'

사춘기가 치솟는 성장을 향한 것이라면

갱년기는 사그라드는 늙음을, 죽음을 향한 것일 뿐.

담담해지자, 담담해지자.